Laven

1. Auflage 2015

ISBN 978-3-7641-7035-6

Umschlaggestaltung: Carolin Liepins
unter Verwendung von Fotos von © Shutterstock / freya-photographer, © Shutterstock / Aleshyn_Andrei, © Shutterstock / Ambient Ideas und © Shutterstock / Angie Makes
Druck und Bindung: Interak, Czarnków
Gedruckt auf Papier aus geprüfter nachhaltiger Forstwirtschaft.

www.ueberreuter.de

Cora Berg

lavendel sommer

ueberreuter

1

»Muss das wirklich sein?« Christina rollte mit den Augen und griff nach ihrem »Konfliktkissen«. Diesen Namen hatte sie ihm verpasst, weil sie es immer dann fest an sich drückte, wenn es unangenehme Dinge zu bereden gab. Und das, was ihre Mutter ihr gerade erzählt hatte, war wirklich alles andere als angenehm.

Petra Sander strich ihrer Tochter übers Haar. »Es geht nicht anders. Der Auftrag ist wichtig für unsere Firma, und mitnehmen kann ich dich leider nicht. So gern ich es täte.«

Christina schnaufte. Dass ihre Mutter auf Dienstreise in die USA fliegen musste, hatte sie halbwegs akzeptiert. Sie hatte sogar ein klein wenig darauf spekuliert, mitfliegen zu dürfen. Es wäre wunderbar gewesen, durch Los Angeles zu laufen, den Hollywood Hill zu bestaunen und in den wunderbaren Läden zu shoppen, die sie nur aus Fernsehserien kannte.

Aber dann hatte ihre Mutter gesagt: »Wie wäre es, wenn du während der Zeit bei Papa bleiben würdest?«

Zunächst hatte es so geklungen, als hätte sie eine Wahl, doch ihre Mutter hatte ihr schnell klargemacht, dass es da nichts zu wählen gab. Sie würde zu ihrem Vater fahren, während sich ihre Mutter in Los Angeles vergnügte.

Christina drückte das Kissen fester an sich. »Weiß er es denn schon?«

Jetzt schnaufte ihre Mutter. Sie mochte es nicht, wenn Christina ihren Vater nur mit »er« bezeichnete, als wäre er ein Fremder.

Als Christina jünger gewesen war, hatte das alles noch anders ausgesehen. Damals waren sie noch eine glückliche Familie und nichts hatte darauf hingedeutet, dass es sich mal so schnell ändern würde.

Doch dann hatte ihr Vater etwas mit einer anderen Frau angefangen. Christina hatte damals gar nicht richtig begriffen, was das zu bedeuten hatte. Aber schließlich war der Vater ausgezogen – zu der anderen. Von gestern auf heute, einfach so.

Vor zwei Jahren hatten sich Christinas Eltern scheiden lassen. Aus diesem Grund sprach sie seither nur dann mit ihm, wenn es sich nicht umgehen ließ. Auch wenn sie wusste, dass es kindisch war, wollte sie, dass er zurückkam. Dass alles wieder war wie früher. Aber das würde nicht passieren.

»Dein Vater sagt, es ist in Ordnung. Seit er sich von …« Die Mutter stockte, doch Christina wusste, was sie damit sagen wollte. Ihr Vater hatte sich vor ein paar Monaten von seiner Freundin getrennt, wegen der er sie und die Stadt Hamburg verlassen hatte. Jetzt wohnte er allein in Köln.

»Also, bekommen wir das hin?« Petra Sander lächelte ihre

Tochter aufmunternd an. »Nächstes Jahr machen wir beide eine Reise, nur du und ich«, sagte sie, nachdem sie eine Weile ihren Gedanken nachgehangen hatte, und strich Christina über den Rücken. »Ich weiß, du glaubst sicherlich, das wird sowieso nichts, aber ich werde mich bemühen.«

»Schon gut«, entgegnete Christina mit ersterbender Stimme. Sie wusste, dass ihre Mutter kaum voraussagen konnte, was im nächsten Jahr sein würde. Die Arbeit für ihre Jalousienfirma erforderte ihren vollen Einsatz und oft musste sie ihren Urlaub verschieben. Das war aber alles nicht so schlimm für Christina, wie zwei Wochen mit ihrem Vater zu verbringen!

»Ich werde Roland gleich Bescheid geben.« Mit diesen Worten erhob sich ihre Mutter und ging ins Nebenzimmer.

Christina wollte angesichts der verpatzten Ferien in Selbstmitleid versinken, doch da kam ihre Mutter auch schon wieder zurück und streckte ihr das Handy entgegen.

Sie brauchte nicht zu fragen, wer am anderen Ende war.

»Ja«, sagte sie daher nur ganz knapp, während sie es an ihr Ohr hielt, und wünschte sich im Stillen, dass der Akku ausfallen oder ein plötzliches Funkloch auftauchen würde.

»Hallo Christina«, meldete sich ihr Vater und hörte sich dabei so gut gelaunt an, als hätte er soeben einen Sechser im Lotto gewonnen.

»Hallo Paps«, entgegnete sie kurz.

Ihr Vater zögerte, wie immer, wenn er merkte, dass er bei ihr auf eine Mauer der Ablehnung stieß. »Ich wollte mal hören, wie es dir geht.«

»Mir geht es gut, kein Grund zur Sorge.«

»Das ist schön.« Wieder eine dieser peinlichen Pausen. »Deine Mutter sagt, dass du ein paar Wochen bei mir sein wirst. Darüber freue ich mich sehr.«

Und ich erst!, dachte Christina und gab ein »Mhm« von sich.

»Ich dachte mir, wir machen eine kleine Kreuzfahrt, während du hier bist«, versuchte der Vater, sie aus ihrer Reserve zu locken.

Das hatte Christina nicht erwartet. »Eine Kreuzfahrt?«, fragte sie und der Ärger auf den Vater verrauchte ein wenig. Kreuzfahrt bedeutete ein riesiges Schiff, auf dem sie ihm nicht zwangsläufig dauernd über den Weg laufen musste. Jeder in ihrer Klasse würde sie beneiden. Vor Christinas geistigem Auge tauchten Meeresfluten, Sandstrände und Palmen auf.

»Ja«, entgegnete ihr Vater. »Genauer gesagt eine Flusskreuzfahrt.«

Das letzte Wort holte sie aus ihren Träumen zurück. »Flusskreuzfahrt«, wiederholte Christina gelangweilt.

»Und wenn ich dir sage, dass die Fahrt nach Südfrankreich geht?«

»Macht das einen Unterschied?«, fragte sich Christina im Stillen. »Ein Kaffeefahrtsdampfer voller alter Leute …«

»Ich habe den Auftrag bekommen, etwas über das neue Schiff der Reederei Thurnot zu schreiben«, fuhr ihr Vater fort, als sie nicht reagierte. »Wir werden nach Arles fahren und beim Captain's Dinner dabei sein. Du solltest dir also schon mal Gedanken darüber machen, was du da anziehen wirst.«

»Super«, dachte Christina und überhörte die unterschwellige Aufforderung des Vaters zum Kauf von schicken Sachen. »Die Fahrt machst du also nicht wegen mir, sondern wegen der Arbeit. Ich muss mit, weil du mich nicht allein lassen willst.«

»Okay, dann eben Flusskreuzfahrt«, antwortete sie lustlos.

Ihr Vater seufzte. »Chris, ich kann nichts daran ändern, dass du zu mir musst.« Seine Stimme klang erschöpft. »Es wird sicher nicht langweilig. Vielleicht findest du ja auch ein paar Gleichaltrige, mit denen du Spaß haben kannst.«

Als ob es von denen viele auf der Kreuzfahrt geben wird, ätzte eine Stimme in Christinas Kopf weiter. Aber damit sich dieses Gespräch nicht unnötig hinzog, antwortete sie: »Schon gut, wir werden sehen. Wann soll ich zu dir kommen?«

»Zwei Tage nach Ferienbeginn geht es los. Es wäre schön, wenn du schon einen Tag früher nach Köln kommen könntest.«

»Klar doch«, antwortete Christina und unterdrückte die Frage, ob er sie abholen würde. Wahrscheinlich würde sie allein zu seiner Wohnung finden müssen, weil es ihn sowieso nicht interessierte, was sie wollte. Da unterschied er sich nicht von ihrer Mutter.

Als Christina endlich allein war, drückte sie ihr Kissen noch fester an sich und legte sich aufs Sofa. Der Himmel über Hamburg war strahlend blau, doch Christina wäre es lieber gewesen, wenn jetzt dicke Wolken aufgezogen wären – das hätte viel besser zu ihrer Stimmung gepasst.

2

Die Schultage vergingen viel zu schnell, fand Christina. Eigentlich hatte sie sich auf die Ferien gefreut, doch je näher sie rückten, desto lieber wäre sie weiter zur Schule gegangen.

All ihre Freundinnen machten etwas Cooles während des Sommers. Bettina fuhr nach Thailand, Sandra nach Australien. Ihre beste Freundin Kerstin fuhr immerhin nach Italien.

Die ganze Zeit über hatten sie geschwärmt, wie wunderbar das sein würde. Christina hatte geschwiegen. Eine Reise mit ihrem Vater – wie uncool war das denn? Immerhin war sie fünfzehn! Da fuhren einige ihrer Klassenkameraden schon allein weg. Aber das wäre für ihre Mutter nicht infrage gekommen. Jedes Mal, wenn Christina nach ihren Plänen gefragt wurde, hatte sie geantwortet, dass sie nach Südfrankreich fahren würde. Mit wem und wie hatte sie verschwiegen. Südfrankreich war nicht gerade in, aber ihre Freundinnen hatten sich damit zufriedengegeben.

Nun waren die Sommerferien da – und mit ihnen die Flusskreuzfahrt. Ihre Mutter hatte sie an diesem Morgen zum Bahnhof gebracht und gerade eben tauchten bereits die Türme des Kölner Doms vor ihr auf. Der Himmel über dem Rhein war bleigrau, die Luft stickig. Da im Zug die Klimaanlage ausgefallen war, fühlte sie sich wie in einer Sauna. Bloß raus hier!

Der Zug fuhr auf die Hohenzollernbrücke und kam im Bahnhof zum Stehen. Seufzend erhob sich Christina, schnappte ihre Tasche und strebte dem Ausgang zu.

Als sie schließlich den Bahnhof in Richtung Domplatte verließ, lief jemand zielstrebig auf sie zu. Erst auf den zweiten Blick erkannte sie in dem Mann ihren Vater.

Seit ihrem letzten Treffen hatte er sich ziemlich verändert. Er war dünner geworden, sein Haar war stoppelkurz rasiert und um Oberlippe und Kinn trug er einen Bart. Mit seinem Karohemd, der großen Brille und den engen Jeans konnte man ihn von Weitem glatt mit einem Hipster verwechseln. Aber die Hoffnung, dass ihr Vater wirklich cool sein würde, hatte sie schon lange aufgegeben.

»Da bist du ja!«, rief er.

»Hallo Paps!«

Ehe Christina etwas dagegen tun konnte, nahm der Vater sie in die Arme. Sie fühlte sich, als ob sie von einem Kraken überfallen worden wäre und nun nichts anderes tun konnte, als darauf zu warten, dass er wieder von ihr abließ.

»Du wirst immer größer und hübscher. Ich werde auf dem Schiff aufpassen müssen, dass die Matrosen bei deinem Anblick nicht ihre Arbeit vergessen.«

Als ob es auf einem Flusskreuzfahrtschiff einen Haufen Matrosen gäbe, die wegen mir vom Mast fallen würden!, dachte

Christina und unterdrückte ein Augenrollen. Ganz abgesehen davon, dass das Schiff keine Masten haben würde, war es doch sicher ein Klischee, dass sich Matrosen in jede Frau verliebten, sofern sie nicht zwei Köpfe hatte. Aber Christina erwiderte nichts.

»Du bist heute sehr gesprächig, wie?«, fragte er.

»Bin kaputt von der Fahrt«, antwortete sie ausweichend. Tatsächlich wusste sie nicht, was sie mit ihrem Vater reden sollte. Solange er mit seiner Freundin zusammen gewesen war, hatten sie nur sporadisch Kontakt gehabt. In den Mails, die sie sich geschrieben hatten, ging es meist nur darum, wie das Wetter gerade war und woran man arbeitete. Und da erwartete er jetzt, dass sie wie ein Wasserfall losplapperte? »Wo ist dein Auto?«

»In der nächsten Seitenstraße. Zu Hause kannst du dich ein wenig ausruhen. Morgen geht es in aller Frühe los.«

Beinahe wäre es aus Christina herausgeplatzt, dass das, was ihr Vater Zuhause nannte, nicht ihr Zuhause war, aber sie verkniff es sich und stiefelte missmutig hinter ihm her.

3

Wie Christina feststellen musste, war »in aller Frühe« noch untertrieben. Punkt zwei Uhr morgens wurde sie von ihrem Vater aus dem Schlaf gerissen.

Während sie verschlafen zur Dusche tappte, rammte sie unabsichtlich einige Möbelstücke.

»Autsch, verdammt!« In letzter Sekunde bekam sie die Büste zu fassen, die ihr gerade einen blauen Fleck verpasst hatte. Sie rückte sie wieder an ihren Platz und rieb sich dann die Hüfte. Warum musste ihr Vater auch so viel Kram herumstehen haben?

Beim Betreten der Wohnung des Vaters am vergangenen Nachmittag hatte sie geglaubt, in einem Museum gelandet zu sein. Überall standen seltsame Skulpturen herum und die Sessel dazwischen waren so angeordnet, dass man auf die Kunstwerke blicken konnte. Selbst der Schreibtisch im Arbeitszimmer hatte eine exzentrische Form.

War das der Einfluss seiner Freundin? Früher, als er noch bei ihnen gewohnt hatte, hatte es nicht so ausgesehen. Klar, ihr Vater hatte immer schon was übrig gehabt für Kunst, doch nicht mal sein Arbeitszimmer hatte er so dekoriert. Diese Wohnung hier wirkte kühl und ungemütlich und Christina spürte so gar nichts mehr von ihrem früheren Vater.

Glücklicherweise stellte wenigstens das Bad kein Kunstwerk dar. Es war eher schlicht eingerichtet, nicht einmal die Wasserhähne waren ausgefallen.

Die Dusche richtete allerdings nicht viel gegen Christinas Müdigkeit aus. Als sie vor dem Spiegel ihre Frisur zurechtzupfte, sah sie genauso verschlafen aus wie vorher.

»Christina, nun mach schon, wir haben nicht viel Zeit«, tönte es von der Tür her.

War sie etwa schon so lange im Bad oder wollte ihr Vater sie nur antreiben? »Moment noch!«, rief sie. Als sie sich ans Zähneputzen machte, fiel ihr auf, wie langsam sie tatsächlich war. Selbst der Schnellgang wollte ihr nicht wirklich schnell geraten.

»Du bist jetzt schon fast eine Stunde im Bad, viel Zeit bleibt uns nicht mehr, sonst fährt der Zug ohne uns!«

Wenn er das doch täte!, dachte Christina genervt, während sie weiterputzte. *Dann könnte ich wenigstens nach Hause und hätte nicht diese Rentner-Flusstour vor mir.*

Dann fiel ihr aber ein, dass sie in diesem Fall die ganze Zeit hier in Köln bei ihrem Vater würde verbringen müssen. Einem übel gelaunten Vater, dem ihretwegen ein wichtiger Auftrag durch die Lappen gegangen war. Das wollte sie sich nicht antun.

Sie beeilte sich nun und trat nach wenigen Minuten aus dem Badezimmer.

»Na also, geht doch!«, sagte ihr Vater, der in langen blauen Boxershorts und mit einem Handtuch über der Schulter vor ihr stand. Auf seinen Beinen kräuselten sich lange schwarze Haare.

Christina fand den Anblick ziemlich peinlich und sah zu, dass sie wieder zu dem Sofa kam, auf dem sie die Nacht verbracht hatte. Ihre Reisetasche stand daneben.

Viel Mühe gab sie sich mit ihrem Outfit nicht. Sie schlüpfte einfach in ihre Jeans und ein lavendelfarbenes Shirt. Warum sollte sie sich großartig stylen, wenn sie sich auf eine Kreuzfahrt zwischen lauter Rentnern begab? Je unauffälliger sie aussah, desto besser. Sonst würden ihr die Leute nur in den Ohren liegen, ob sie schon einen Freund hatte und was die Schule so machte.

Als ihr Vater aus dem Bad kam und ihr im Vorbeigehen zurief, dass sie sich lieber etwas wärmer anziehen sollte, weil es um diese Uhrzeit im Bahnhof ziemlich kühl sei, zog sie noch ihr graues Sweatshirt über. Dann strubbelte sie sich durch die Haare – fertig. Make-up aufzulegen wäre Verschwendung gewesen, denn was für heiße Typen warteten um diese Uhrzeit schon auf dem Bahnsteig?

Der Kölner Hauptbahnhof wirkte noch ziemlich verschlafen. Einige Leute hockten zusammengesunken auf den Bänken, während vereinzelt Geschäftsmänner in teuren Anzügen mit Kaffeebechern und Handy am Ohr unterwegs waren. Kaffeeduft schwebte in der Luft.

Das Brummen der auf Gleis 2 warm laufenden S-Bahn wirkte einschläfernd auf Christina, und das, obwohl sie einen doppelten Cappuccino in den Händen hielt. Von diesem hatte sie allerdings nur ein paar Schlucke getrunken, um das Schokocroissant, das ihr Vater ihr gekauft hatte, runterzuspülen. An dem Rest wärmte sie sich die Hände.

Wie sie es sich schon gedacht hatte, war auf dem Bahnsteig weit und breit nichts zu sehen, was sie interessiert hätte. Hätte sie ihre Mutter nach Amerika begleitet, wäre das sicher anders gewesen.

Auf dem Weg hierher hatte sie ihr geschrieben, dass sie heil in Los Angeles angekommen war. Los Angeles! Da liefen vermutlich gut aussehende Surfertypen mit Sixpack herum. Ein Foto mit einem von denen wäre der Hammer gewesen und hätte ihre Freundinnen ordentlich neidisch gemacht!

»Ich bin sicher, dass es dir auf dem Schiff gefallen wird«, bemerkte Roland Sander, während er in einem Prospekt blätterte. Im Gegensatz zu seiner Tochter war er bereits hellwach. Auch ganz ohne Kaffee. »Sie haben zahlreiche Angebote an Bord, die auch für dich interessant sein könnten.«

»Ach ja?«, entgegnete Christina verschlafen. »Ist ja klasse.«

Ihr war überhaupt nicht danach, irgendwelche Angebote an Bord wahrzunehmen. Was konnte das schon sein? Schlagerparty?

Die quäkende Stimme der Bahnhofsdurchsage meldete sich so unerwartet, dass Christina beinahe der Becher aus der Hand gefallen wäre.

»Meine Damen und Herren, der ICE 521 in Richtung Frankfurt fährt ein. Vorsicht an der Bahnsteigkante.«

»Wir werden in Frankfurt in einen anderen Zug umsteigen«, erklärte Roland Sander, als er den fragenden Blick seiner Tochter gesehen hatte. »Wir hätten auch den Thalys nehmen können, aber der fährt später, und da wir noch zum Hafen müssen, ist es besser, wir kommen so früh wie möglich in Lyon an.«

Christina nickte und erhob sich von ihrem Platz. Schlaftrunken nahm sie noch einen Schluck aus ihrem Cappuccinobecher und beförderte ihn dann in den Mülleimer, ohne darauf zu achten, ob sie das richtige Fach getroffen hatte.

Nach einigen Stunden Zugfahrt und Umsteigen in Frankfurt erreichten Christina und ihr Vater Paris. Von dort aus ging es nach Lyon weiter. Da der Hafen ein gutes Stück vom Bahnhof entfernt war, beschloss Roland Sander, den Weg dorthin mit dem Taxi zurückzulegen.

Christina staunte über die hervorragenden Französischkenntnisse ihres Vaters. Mit ihrem Französisch-Grundkurs, den sie seit zwei Jahren belegt hatte, beherrschte sie die Sprache nicht im Entferntesten so gut.

Wenig später erreichten sie den Hafen von Lyon. Ein sumpfiger Geruch schlug ihnen beim Aussteigen entgegen. Möwen kreisten über dem Gelände. In der Ferne ertönte ein Schiffshorn.

Während Christina ihre Tasche aus dem Wagen hievte, blickte sie sich um. Einige Menschen in sehr hellen Kleidern strebten dem Hafengebäude zu. Keiner von ihnen war unter vierzig.

Was hast du denn auch erwartet?, ätzte eine kleine Stimme in Christinas Hinterkopf. *Dass das hier ein Partyschiff voller cooler Typen und Mädchen in deinem Alter ist?*

Nachdem ihr Vater das Taxi bezahlt hatte, liefen sie zum Kai, an dem das Kreuzfahrtschiff ankerte.

Es war sehr lang, im Gegensatz zu anderen Kreuzfahrtschiffen aber wesentlich flacher. Es existierte ein einziges Oberdeck und so etwas wie eine Sonnenterrasse. Der Anstrich war zartlila, ein dunkler gehaltener Streifen umgab das Schiff wie einen Gürtel. Am Bug stand in geschwungener Schrift der Name »Flussprinzessin«.

Die Schlange vor der Abfertigung war noch nicht besonders lang. Offenbar waren sie genau zur richtigen Zeit gekommen.

»Roland und Christina Sander«, sagte ihr Vater zu dem Uniformierten, der sie daraufhin auf seiner Liste suchte.

Christina musterte den Mann, der noch recht jung aussah und den sie auf Mitte zwanzig schätzte. Er sprach deutsch mit einem leichten französischen Akzent und sah ungeheuer gut aus.

Na immerhin was zum Hingucken, dachte sich Christina und wurde plötzlich rot. Zum Glück bemerkten das weder ihr Vater noch der Steward.

»Unsere Kabine liegt auf dem B-Deck, direkt neben dem Friseur, falls du Bedarf hast«, verkündete Roland Sander nach einem Blick auf den Lageplan.

»Eher nicht, ich habe vor, mir die Haare noch länger wachsen zu lassen«, sagte Christina, während sie sich durch die schulterlangen rotblonden Haare fuhr.

»Vielleicht solltest du dir einen Zopf machen«, entgegnete ihr Vater.

»Ich bin kein kleines Mädchen mehr!« Diese Worte kamen schroffer rüber, als sie eigentlich wollte, und fast meinte Christina in den Augen ihres Vaters ein wenig Bedauern zu sehen. Er sprach nun kein Wort mehr, bis sie vor der Kabinentür standen.

»Da wären wir«, sagte ihr Vater knapp, als er die Schlüsselkarte durch den dafür vorgesehenen Schlitz zog. Die Tür schnappte mit einem leisen Summen auf.

Christina hatte erwartet, sie würde in einem Doppelstockbett schlafen und sich dabei wie in einer Sardinenbüchse fühlen.

Die Kabine war allerdings recht geräumig. Es gab zwei Betten, einen Schrank und ein Sofa. Am Fenster, das nicht weit über der Wasseroberfläche angebracht war, stand ein Schreibtisch.

Die Farbe der Kabine war für Christina ein Schock. Das Sofa und die Tagesdecken auf den Betten waren quietschgelb, ebenso die Gardinen. Ja sogar die Tapete mit dem Liliendruck hatte einen Gelbstich.

»Sieht aus, als hätten wir die Sonnenblumenkabine bekommen«, bemerkte der Vater freudig.

»Schon möglich«, entgegnete Christina missgelaunt, während sie vorsichtig voranschritt, so als würde etwas Böses hinter den Möbeln lauern. Urlaub mit Papa im gelben Horror, na toll!

Roland Sander warf mit kühnem Schwung seine Kameratasche aufs Bett und markierte damit ganz offensichtlich seinen Bereich. Christina war allerdings ein Bett so recht wie das andere.

»Was meinst du zu dem Bild?« Nachdem der Vater sich

einmal um die eigene Achse gedreht hatte, um sich einen Überblick zu verschaffen, deutete er auf das Ölgemälde an der Wand neben der Tür.

»Kitschig«, befand Christina nach kurzem Hinsehen. Was sonst sollte sie zu der Landschaft mit Burgruine und einem mittelalterlichen Schäferpärchen sagen?

»Ich finde es romantisch«, entgegnete Roland Sander.

Christina schnaufte, enthielt sich aber eines bissigen Kommentars, der auf das Alter ihres Vaters abzielte. Außerdem, was war in ihn gefahren? Er war derjenige, der überaus moderne Kunst in seiner Wohnung hortete, und nun kam er angesichts des Schäferpärchens ins Schwärmen?

»Worüber sollst du hier eigentlich schreiben?«, fragte sie stattdessen beiläufig, denn sie wollte sich nicht weiter über die Kabine unterhalten. Sie trat ans Fenster und konnte beobachten, wie eine Möwe gerade auf dem Wasser landete.

»Über die Kreuzfahrt«, antwortete ihr Vater, während er in seiner Tasche herumkramte. »Und über die Reederfamilie. Die Thurnots sind zwar sehr erfolgreich und vermögend, aber auch sehr kamerascheu. Dass sie meinem Magazin einen kleinen Einblick gewähren, ist schon eine Seltenheit.«

»Du meinst, wir dürfen in ihr Haus und so?«

Ihr Vater lachte auf. »Nein, in ihr Wohnhaus werden sie uns sicher nicht lassen. Ich schreibe über dieses Schiff und befrage die Angestellten. Außerdem habe ich eine Anfrage wegen eines Interviews laufen. Geantwortet hat man mir bisher nicht, aber ich gebe die Hoffnung nicht auf.«

In diesem Augenblick wünschte sich Christina, ihr Vater

hätte sie stattdessen zu einer dieser Partys eingeladen, die sehr reiche Leute häufig zu geben pflegten und von denen immer in den Hochglanzmagazinen berichtet wurde. Mit vielen coolen jungen Leuten, toller Musik und Kaviar. Sie hatte zwar noch nie welchen probiert, aber so verzückt, wie die Leute in den Spielfilmen immer dreinschauten, wenn sie Kaviar aßen, musste es schon etwas Besonderes sein.

Aber hier gab es nur eine Kabine, von deren Farbe ihr die Augen schmerzten. Und Ethan Whitehorse aus »The Lying Game« war sicher auch nicht mit an Bord gegangen.

»Aber keine Angst, ich werde nicht die ganze Zeit über arbeiten«, fügte Roland Sander hinzu. »Zwischendurch legt das Schiff an, dann können wir uns die Städte anschauen.«

Christina machte nur »mhm« dazu. Wie sie ihren Vater kannte, würde er sich ohnehin nicht an seine Worte halten. Und dann, irgendwann, wenn ihm zufällig einfallen sollte, dass es sie auch noch gab, würde er sich wieder wortreich dafür entschuldigen, dass er sie vernachlässigt hatte. Aber damit konnte sie mittlerweile leben.

4

Christina hätte es nicht für möglich gehalten, aber es boten sich ihr auf dem Schiff tatsächlich zahlreiche Gelegenheiten, ihrem Vater aus dem Weg zu gehen und der quietschgelben Kabine zu entfliehen.

Roland Sander war meist auf der Suche nach Leuten, die ihm Informationen über die Thurnots und das Schiff geben konnten. Und wenn er nicht recherchierte, tippte er auf seinem Laptop herum.

Christina wurde weitestgehend sich selbst überlassen und verbrachte die Zeit damit, zu zeichnen oder sich die Landschaft anzusehen. Das hätte sie vor Wochen noch für zutiefst öde gehalten, aber die Rhône hatte einige Überraschungen für sie parat.

Hier und da erhob sich eine Ruine oder ein intaktes Schloss und man konnte auf die Weinberge blicken. Hin und wieder entdeckte Christina ein leuchtend rotes Mohnblütenfeld und die Sonnenuntergänge waren der Hammer. Von Rosa über Violett bis Tiefrot reichten die Farbschattierungen. Sie hatte unzählige Fotos davon auf ihrem Smartphone, doch leider erfassten diese nicht annähernd, was sie mit ihren eigenen Augen sah.

Manche ihrer Altersgenossinnen würden sie wohl für eine Langweilerin halten, aber sie genoss den Ausblick. Als kleines Mädchen hatte sie davon geträumt, eine Prinzessin zu sein und auf einer Burg oder einem Schloss zu wohnen. Mit schönen Kleidern und einer goldenen Krone. Und einem Prinzen, der sich für sie mit schwarzen Rittern schlug und gegen Drachen zu Felde zog. Diese Fantasien waren vergangen, aber gegen das Leben auf einem Schloss hätte Christina noch immer nichts einzuwenden gehabt. Besonders dann nicht, wenn sie von einem Turmzimmer aus diese wunderbaren Sonnenuntergänge beobachten konnte.

An den meisten Tagen hielten auf dem Sonnendeck beleibte Damen in bunten Badeanzügen die Liegen besetzt. Heute jedoch schienen sie bei einem Schönheits- oder Schlankheitskurs zu sein, sodass Christina eine Ecke für sich hatte.

Sie hatte eigentlich nicht vor, übermäßig braun zu werden. Bei ihrer hellen Haut bestand ohnehin Sonnenbrandgefahr. Deshalb entschied sie sich für einen Platz unter einem Sonnenschirm und cremte sich dick mit Sunblocker ein. Das Zeug roch seltsam, aber immerhin pellte sie sich hinterher nicht wie eine Kartoffel.

Auch heute hatte sie wieder ihren Zeichenblock mitgenommen. Sie wollte versuchen, ein wenig von der Landschaft auf Papier zu bringen. Ein naturgetreues Bild würde sie gewiss nicht hinbekommen. Das Schiff raste zwar nicht über den Fluss, aber für einen Maler fuhr es eindeutig zu schnell. Sie musste sich also auf das verlassen, was sie ihre »Gedankenkamera« nannte.

»Hi«, sagte plötzlich eine Stimme neben ihr.

Christina blickte zur Seite und geradewegs in das Gesicht eines Jungen. Das Erste, was ihr dabei auffiel, war ein bemerkenswert blaues Augenpaar. Das Haar des Jungen war dunkel und lockig und wirkte, als ob er geradewegs einer Shampooreklame entstiegen wäre. Er trug blaue Shorts und ein ziemlich enges weißes Hemd, und seine Beine waren braun gebrannt. Das Eindrucksvollste an ihm waren jedoch seine Augen. Wie konnte ein Mensch nur solch blaue Augen haben?

Gebannt starrte sie ihn an und kniff sich in den Handrücken, um zu überprüfen, ob sie nicht träumte. Doch sie verspürte ganz deutlich einen Schmerz. Und der Junge stand noch immer vor ihr.

Nein, sie träumte nicht. Allerdings schaute sie der Junge ein wenig verwirrt an und fragte: »Was ist?«

»Nichts«, entgegnete Christina schnell, und während sie spürte, dass sie knallrot wurde, lächelte sie. »Hi!«

»Hast du was dagegen, wenn ich mich setze?« Ein leichter französischer Akzent schwang in seinen Worten mit. Der Junge deutete auf die Liege nebenan, auf der sie ihr Handtuch und ihr Buch abgelegt hatte.

»A...aber ... nein«, stammelte Christina und nahm ihre Sachen an sich. Was war nur mit ihr los? Wieso fühlte sie sich auf einmal so seltsam? Und warum hatte sie den Eindruck, feuerrot im Gesicht zu sein?

»Ich bin Michel«, stellte sich der Junge vor, der weder ihre Unsicherheit noch ihre roten Wangen zu bemerken schien.

Christina war froh, dass sie bereits lag, denn das Lächeln, mit dem er sie nun bedachte, ließ ihre Knie weich werden.

»Christina«, presste sie hervor und reichte ihm ein wenig verlegen die Hand. Das tat man doch, wenn man sich vorstellte, oder?

Bevor ihr einfallen konnte, dass diese Geste doch recht förmlich war, hatte Michel ihre Hand auch schon ergriffen.

»Freut mich, dich kennenzulernen, Christina. Ich bin froh, dass es hier wenigstens einen Menschen gibt, der noch nicht über zwanzig ist.«

Christina legte den Kopf schräg und versuchte, Michels Alter zu schätzen. Er drückte sich sehr gewählt aus und wirkte sehr selbstbewusst. Dem Aussehen nach zu schließen war er wohl ein, zwei Jahre älter als sie, also vielleicht sechzehn oder siebzehn.

Über seinem Anblick vergaß sie, dass es höflich gewesen wäre, etwas auf seine Worte zu erwidern.

»Oh, ähm, ja, stimmt«, brachte sie schließlich noch hervor und ärgerte sich darüber, dass ihr die Fähigkeit, vernünftige Antworten zu geben und zusammenhängende Sätze zu sprechen, wohl abhanden gekommen war. Aber bei so einem Typen konnte man schon vergessen, was man sagen wollte. Keiner der Jungs an ihrer Schule sah annähernd so gut aus wie dieser hier ... Und jetzt blamierte sie sich bis auf die Knochen vor ihm.

Doch noch immer lächelte Michel. Und er schien auch nicht den Wunsch zu verspüren, zu den paar älteren Damen zu flüchten, die die Plätze am anderen Ende des Sonnendecks in Beschlag genommen hatten

»Wo kommst du her?«, wollte er wissen.

Christina kämpfte noch einen Moment lang mit sich selbst, dann schaffte sie es, sich wieder in den Griff zu bekommen.

»Aus Hamburg, und du?«

»Arles. Oder besser gesagt aus der Nähe von Arles.«

»Du bist also Franzose?«

Michel nickte. »Oui, bien sûr.«

Christina bereute es nun, im Französischunterricht nicht besser aufgepasst zu haben. Sie hatte zwar verstanden, was er sagte, aber ihre Kenntnisse reichten bestimmt nicht aus, um sich mit einem Franzosen in seiner Muttersprache zu unterhalten. Warum waren Französischkenntnisse nicht vererbbar? Ihr Vater sprach Französisch immerhin fließend …

»Du kannst richtig gut Deutsch«, sagte sie, denn ihr wollte beim besten Willen nichts anderes einfallen.

»Meine Mutter ist Deutsche«, erklärte er. »Ich bin zweisprachig aufgewachsen, und wenn man mein leidliches Englisch mitrechnet, spreche ich sogar drei Sprachen. Welche Sprachen sprichst du?«

Diese Frage ließ ihr heiße und kalte Schauer über den Rücken laufen. Englisch konnte sie auch vorweisen, das sprach sie ganz passabel, doch wenn sie zugab, Französisch zu lernen, würde er sicher eine Kostprobe haben wollen. Dabei konnte sie sich doch nur blamieren!

»Öhm, Russisch«, platzte es aus ihr heraus. Danach fragte er ganz sicher nicht.

Michel hob überrascht die Augenbrauen. »Das hätte ich nicht erwartet. Französisch schon eher, aber Russisch ist was Besonderes.«

Christina spürte, wie es sie erneut heiß und kalt durchlief. In ihrer Angst vor der Französisch-Blamage hatte sie nicht bedacht, dass er vielleicht auch ein paar Worte auf Russisch hören wollte. Davon hatte sie nun absolut keine Ahnung, und wenn er möglicherweise sogar Russisch verstand, würde er sie sogleich als Lügnerin entlarven.

Bevor Christina in Panik ausbrechen konnte, schwang sich Michel auf die Liege, verschränkte einen Arm unter seinem Kopf und fragte: »Bist du mit deinen Eltern hier?«

Der Themenwechsel kam für sie so abrupt, dass sie nicht gleich antworten konnte. Schließlich räusperte sie sich und antwortete: »Ich bin mit meinem Vater hier, er möchte über das Schiff und die Reederei schreiben.«

»Dann ist er also Journalist.«

Christina nickte. »Ja, das ist er. Und weil meine Mutter auf Geschäftsreise in den USA ist und mich nicht mitnehmen konnte, bin ich mit meinem Vater hier.«

Während sie so redete, fiel ihr auf, dass es ihr zumindest in diesem Augenblick nicht leidtat, dass sie nicht mit ihrer Mutter reisen konnte.

Michel lächelte erneut. »Ich bin auch mit meinem Vater hier. Es ist eigentlich eine Dienstreise, aber er hat mich mitgenommen.«

»Eine Dienstreise auf einem Kreuzfahrtschiff?«

»Macht dein Vater doch auch, oder?«

»Stimmt, wenn man es so sieht …«, gab Christina zu.

»Und genau wie ich wurdest du auch mitgenommen.«

»Musst du etwa auch hier sein, weil deine Mutter unterwegs ist?«, fragte Christina.

»Nein, ganz so ist es nicht«, lachte Michel. »Ich bin freiwillig mitgekommen. Ich finde, es gibt schlimmere Orte, um den Sommer zu verbringen, als dieses Schiff. Natürlich wäre so eine Reise nach Amerika auch toll.«

»Warst du schon mal dort?«, fragte sie. Ihm traute sie wirklich alles zu, auch in Amerika gewesen zu sein.

»Ja, dreimal«, entgegnete er, als wäre das das Normalste der Welt. »Ich habe dort einen Onkel. Hin und wieder fährt mein Vater rüber. Aber das sind meist auch Dienstreisen.«

Christina interessierte es auf einmal brennend, welchen Beruf sein Vater ausübte. War er vielleicht auch Journalist? Nein, sicher nicht. Eher gehörte ihm eine große Firma. Aber sie traute sich nicht, zu fragen. Immerhin kannten sie sich noch nicht so gut. Und wahrscheinlich würden sie sich nach dieser Reise auch nie mehr wiedersehen. Auch wenn ihr das bereits jetzt leidtat.

»Zeichnest du gern?«, fragte er und deutete auf ihren Block. Viel war darauf nicht zu sehen, aber selbst das war Christina peinlich.

»Ja, ab und zu«, entgegnete sie und drehte den Block herum.

»Und was du zeichnest, ist dein großes Geheimnis?«

»Klar doch!«

»Kriege ich es denn zu sehen, wenn es fertig ist?«

»Vielleicht«, entgegnete Christina. In Wirklichkeit hatte sie nicht vor, ihm das Bild zu zeigen. Wahrscheinlich würde er es doch nur schlecht finden.

»Meine Schwester ist neuerdings ganz wild auf einen Zeichentrend aus Amerika. Zentangle nennt sich das. Man meditiert dabei angeblich beim Zeichnen.«

»Habe ich noch nie was von gehört«, entgegnete Christina und beschloss, gleich heute Abend mal danach zu googeln. Dummerweise hatte ihre Mutter ihr keine Auslandsflatrate besorgt, aber das Schiff verfügte über ein eigenes W-Lan, in das sie sich mit dem Zugangscode ihres Vaters einloggen konnte.

»Meine Schwester kommt immer mal wieder mit etwas Neuem an. Eigentlich steht sie aber eher aufs Fotografieren. Nach der Schule ist sie manchmal stundenlang unterwegs und knipst alles, was ihr vor die Linse kommt.«

Christina erinnerte sich mit Schrecken an den Fotokurs, den sie mal in der Schule während der Projektwoche mitgemacht hatte. Man hatte sie in ein Museum geschickt, wo ihnen eine Kamera in die Hand gedrückt worden war. Christina konnte nicht behaupten, dass ihr das Fotografieren nicht gefallen hatte, aber dummerweise war ihre Kamera defekt gewesen und hatte sehr seltsame Lichteffekte auf den Bildern hinterlassen.

»Heute Abend gibt es übrigens Tanzunterricht auf dem Unterdeck«, sagte Michel nach einer kleinen Pause. Ein verschmitztes Lächeln huschte über sein Gesicht. »Ich könnte mir vorstellen, dass es dort viele schöne Zeichenmotive gibt.«

»Tanzunterricht?«, wunderte sich Christina. »Müssen die Gäste fürs Captain's Dinner trainieren?«

»Nein, der Maître wird den Teilnehmern altfranzösische Tänze beibringen. So wie sie im Mittelalter getanzt wurden.«

»Hört sich irgendwie lahm an«, entgegnete Christina. Insgeheim hielt sie das Ganze für einen Scherz, den er sich mit ihr erlaubte. Okay, hier mochte es viele schöne Burgen geben, aber ein mittelalterlicher Tanzkurs? So alt waren die Passagiere dann doch nicht.

»Ist es aber nicht. Die Tänze sind sehr interessant. Die Gavotte zum Beispiel hat ihren Ursprung in der Provence.«

»Du nimmst mich auf den Arm.«

»Keineswegs! In den Schulen der Gegend werden Kurse für historische Tänze angeboten, das gehört hier zum Kulturgut.«

So, wie er das jetzt sagte, fiel es Christina schwer, noch weiter daran zu zweifeln. »Hier gibt es Schulen, die so was anbieten?« Sie versuchte, sich vorzustellen, wie so ein Kurs in ihrem Gymnasium aussehen würde. Wahrscheinlich würde bereits die erste Stunde im Chaos versinken. Die Jungs würden herumalbern und den Mädchen würde das alles wahnsinnig peinlich sein. Und wahrscheinlich würde alles nach der nächsten Elternversammlung gekippt werden, weil sich irgendwelche Eltern beschwerten, dass solche Tänze nicht mehr zeitgemäß seien.

»Ist das nicht schwierig? Ich meine, die Tänze sind doch sicher nicht einfach zu erlernen, oder?«, fragte Christina, denn sie wollte nicht, dass das Gespräch erlahmte. Ehrlich gesagt hätte sie mit Michel ebenso über die Herstellung von Klopapier oder das Liebesleben der Pflastersteine sprechen können. Und wenn es sein musste, quetschte sie ihn auch über seine Schule aus.

»Wir können es ja mal ausprobieren. Wie wär's, wenn wir heute Abend da hingehen?«

»Ich, ähm … ich weiß nicht …«, stammelte Christina, obwohl alles in ihr laut »Ja!« schrie. Wahrscheinlich würde sie sich tierisch blamieren – aber es wäre eine Möglichkeit, in seiner Nähe zu sein.

»Es sei denn, du hast schon etwas anderes vor«, sagte Michel und zwinkerte ihr zu. Er schien zu ahnen, dass dem nicht so war. Was sollte sie hier auch unternehmen. Um die Häuser ziehen war auf dem Schiff nicht möglich.

»Nein, das habe ich nicht«, schaffte sie jetzt wieder einen zusammenhängenden Satz. »Ich … ich komme gern mit. Allerdings fürchte ich, dass ich nicht das Richtige anzuziehen habe.«

»Oh, da gibt es keinen Dresscode, falls du das befürchtest. Du musst nicht mit Perücke und Reifrock anrücken. Allerdings werden wir wahrscheinlich die Jüngsten sein, die an dem Kurs teilnehmen.«

»Das ist nicht so schlimm.« Christinas Herz klopfte wie wild. Sie würde den Abend mal nicht mit ihrem Vater verbringen, sondern mit einem Typen, um den sie jedes Mädchen aus ihrer Schule beneiden würde! Warum war Michel nicht schon eher aufgetaucht?

Aber besser spät als nie.

»Gut, dann treffen wir uns heute um sieben Uhr auf Deck A in der Empfangshalle.«

»Einverstanden!«

»Dann störe ich dich jetzt nicht weiter beim Zeichnen. Aber denk dran, ich möchte das Bild sehen.« Michel lehnte sich auf der Liege zurück, zog seine Sonnenbrille aus dem Haar und setzte sie sich auf die Nase.

Christina wusste, dass sie sich zum Narren machte, aber sie konnte nicht anders, als ihn weiterhin anzuschauen.

Vielleicht sollte ich ihn malen, schoss es ihr durch den Kopf. Erst nach einer ganzen Weile gelang es ihr, den Bleistift wieder auf den Block zu setzen.

5

Den ganzen Nachmittag fühlte sich Christina, als würde sie auf Wolken gehen – und sie hatte keine Ahnung, woher das rührte. Doch, eigentlich wusste sie es. Der Grund hatte unverschämt blaue Augen, dunkle Haare und einen tollen Body.

Michel hatte sie noch nicht wieder zu Gesicht bekommen, aber sein Bild hatte sie noch immer vor sich. Dieses Lächeln! Ach, und überhaupt alles andere! Gäbe es so einen Junge an ihrer Schule, würden sich die Mädchen wohl gegenseitig die Haare ausreißen, um nur ein Mal neben ihm zu stehen. Keiner konnte es mit ihm aufnehmen. Seine Schultern sahen so aus, als würde er regelmäßig ins Fitnessstudio gehen, wahrscheinlich hatte er dort, wo andere Jungs einen Schwabbelbauch hatten, ein Sixpack. Und dann die Augen! Die waren das Tollste an ihm. Er war einfach perfekt!

Mit einem breiten Lächeln kehrte sie in ihre Kabine zurück und malte sich aus, wie es wohl sein würde, mit diesem Jungen einen historischen Tanz zu erlernen. Bisher hatte sie nicht viel vom Tanzen gehalten. Und jetzt lernte sie es mit Michel!

Doch der Blick auf ihre Kleidungsstücke holte sie wieder auf den Boden der Tatsachen zurück. Plötzlich bereute sie, keine hübscheren Klamotten eingepackt zu haben. Klar, es gab keinen Dresscode – aber abseits von Perücken und Reifrock sah es ebenfalls mau aus.

Was sollte sie bloß zu der Tanzstunde anziehen? Ein Kleid wäre nicht schlecht gewesen, aber abgesehen davon, dass sie kaum Kleider besaß und sich meist recht burschikos anzog, hatte sie nicht damit gerechnet, dass sie auf dem Schiff eines brauchen würde.

Sogleich fing sie an, alle Sachen, die sie besaß, aus dem Schrank zu holen. Zu Hause war es auch immer so, dass sie die beste Entscheidung treffen konnte, wenn sie alle Teile nebeneinanderliegen sah. Auch wenn die Auswahl gering war.

»Was suchst du denn?«, fragte ihr Vater, der kurz von seiner Arbeit hochsah und sich ihr zuwandte.

»Nichts«, entgegnete Christina einsilbig. Warum sollte sie ihm auch sagen, was sie vorhatte?

Und von Michel durfte er erst recht nichts erfahren! Bestimmt würde er versuchen, ihr Michel madigzumachen. Oder ihr sonst irgendwie dreinzureden. Schlimmstenfalls würde er sich so peinlich verhalten, dass Michel ein falsches Bild von ihr bekam.

»Dafür, dass du nichts suchst, verbreitest du ein ziemliches Chaos«, gab ihr Vater zurück.

»Ich möchte heute Abend zu einer Veranstaltung auf dem Schiff gehen und habe nichts anzuziehen.«

Kaum hatte sie das gesagt, fiel ihr ein, dass ihr Vater es für eine gute Idee halten könnte, mitzukommen. Das durfte auf keinen Fall geschehen!

»Was ist das denn für eine Veranstaltung?«, fragte er natürlich gleich.

Christina wurde auf einmal ganz heiß. Dass ihr Vater mitkam, fehlte ja noch! Manchmal hatte sie sich gewünscht, dass er sich mehr für ihr Leben interessierte. Aber Michel gehörte zu den Sachen, für die er sich am besten gar nicht interessieren sollte.

»Ach, irgendwas mit Malen«, schwindelte sie schnell, denn sie wusste, dass ihr Vater zwar schöne Bilder mochte, selbst aber zwei linke Daumen hatte, wenn er einen Pinsel in die Hand nehmen sollte.

»Dann solltest du etwas anziehen, das leicht gewaschen werden kann. Deine Mutter wird sich nicht freuen, wenn du die guten Stücke mit Farbe beschmierst.«

Wieder ein Eigentor! Christina seufzte. *Vielleicht sollte ich damit anfangen, besser zu überlegen, bevor ich jemandem eine Lüge auftische*, ging es ihr durch den Sinn.

Da sie allerdings nahezu keine guten Stücke mitgenommen hatte, war es wohl auch egal, was sie anzog. Sie entschied sich für ihre fliederfarbene Carmen-Bluse und dazu ihre Jeans. In dieser Kleidung machte sie eine einigermaßen gute Figur und durch die Bluse sah sie nicht ganz so nach Alltag aus.

Als sie fertig war, stopfte sie die restlichen Sachen wieder in den Schrank. Ein Blick auf die Uhr zeigte ihr, dass sie sich beeilen musste. Warum hatte sie auch nur so lange herumgetrödelt?

Zum Glück brauchte sie sich um ihre Frisur keine Sorgen zu machen. Ihr Haar war trotz der Länge pflegeleicht und sie wäre nie im Traum darauf gekommen, es zu färben. Und dank der Bräune, die in den letzten Tagen ihre Wangen überzogen hatte, benötigte sie kein Make-up.

»Bis später!«, rief sie ihrem Vater zu und hörte gerade noch, dass er ihr viel Spaß wünschte.

Atemlos kam sie in der Empfangshalle an und erlitt gleich den ersten Panikanfall, als sie sah, wie viele Menschen sich hier eingefunden hatten. Die meisten wollten nur zusehen, doch es waren auch etliche Paare dabei, die es mit dem Tanz versuchen wollten.

Michel wartete bereits auf sie. »Ich dachte schon, du kommst nicht mehr.«

»Bin ich zu spät?« Christina blickte auf ihre Armbanduhr. Es war eine Minute vor sieben.

»Nein, gerade noch richtig.«, entgegnete Michel. Glücklicherweise hatte er auch nichts Besonderes angezogen. Und doch sah er vollkommen umwerfend aus in seiner Jeans und seinem weißen Hemd. »Was hat dich aufgehalten?«

»Klamottenprobleme«, entgegnete Christina und deutete auf ihre Bluse. »Ich habe meine Lieblingsbluse nicht gefunden, und ich dachte mir, dass ich sie heute gut gebrauchen kann.«

Michel blickte interessiert an ihr hinunter – viel genauer, als es Christina angenehm war.

»Bringt sie dir Glück?«, fragte er dann lächelnd und sah ihr wieder in die Augen.

Das war nicht viel besser, denn ihre Nervosität wuchs dadurch noch mehr. Dennoch antwortete sie: »Ja, ich denke schon.«

»Na, dann kann ja nichts mehr schiefgehen«, sagte Michel und deutete auf eine Person in der Mitte des Raumes. »Schau mal, da vorn ist Maître François.«

Der Tanzlehrer trug ein historisches Kostüm, das ihn im ersten Moment wie eine Gestalt aus dem Theater erscheinen ließ. Sein echtes Haar, wenn er denn noch welches hatte, verbarg er unter einer Perücke mit Zopf. Über einem weißen Hemd mit Rüschenjabot trug er eine lange blaue Jacke, die mit Stickereien und silbernen Borten verziert war. Seine Kniehose war farblich darauf abgestimmt und zu den weißen Kniestrümpfen trug er flache Schnallenschuhe. Wenn jemand so in ihrer Schule auftauchen würde, konnte er sich auf ätzende Kommentare gefasst machen! Aber glücklicherweise waren sie hier nicht in der Schule.

Ups, hatte sie das jetzt wirklich gedacht? Dabei hatte sie vor Ferienbeginn noch gehofft, dass die Ferien ausfallen würden. Oder zumindest die Flusskreuzfahrt. Allmählich begann es ihr hier zu gefallen.

»Vielleicht hätte ich mir eine Perücke aufsetzen sollen«, murmelte Christina. »Meine Frisur ist für das hier viel zu modern.«

»Würde ich nicht sagen«, entgegnete Michel und strich ihr kurz durch die rotblonden Strähnen.

Christina war wie elektrisiert. Hatte er sie eben wirklich berührt? Wieder begann ihr Herz zu pochen. Umso mehr, als er hinzufügte: »Ich finde, die Frisur sieht sehr elegant und schön aus.«

Als hätte jemand einen Lichtschalter in ihrem Kopf betätigt, wechselte die Farbe ihrer Wangen schlagartig in glühendes Rot.

Glücklicherweise begann der Maître jetzt mit einer kurzen Ansprache. »Bon soir, Mesdames et Messieurs! Ich begrüße Sie zu unserer Tanzstunde!«

Dem Akzent nach zu urteilen war der Mann wirklich Franzose. Nach einigen einleitenden Worten setzte er zu einer Erklärung der Tänze an, die auf dem Programm standen. Christina hatte schon befürchtet, dass das ziemlich trocken werden würde, aber schon nach ein paar Sätzen war sie überrascht, wie interessant der Maître sein Wissen aufbereitete.

»Die Gavotte entstand im späten Mittelalter und hat ihren Ursprung in den Tänzen provenzalischer Gebirgsbewohner. Sie wurde an allen europäischen Adelshöfen getanzt und beständig weiterentwickelt, was Figuren und Melodien angeht.«

So etwas müsste mal in unserem Geschichtsunterricht durchgenommen werden, ging es Christina durch den Kopf. *Ob der Maître sich wohl dazu bewegen ließe, einmal für eine Schulklasse einen Kurs abzuhalten?*

Die Antwort würde wahrscheinlich Nein lauten. Hier auf dem Schiff bekam er sicher eine tolle Gage. Außerdem würden einige ihrer Klassenkameraden sich bestimmt wie Idioten benehmen. Besonders, wenn er mit Kostüm auftauchte. In Michels Klasse war das sicher etwas anderes.

Als der Maître seine Ausführungen beendet hatte, kündigte er an, seinen Schülern den Tanz zu zeigen. Die Dame, die er als Madame Giselle vorstellte und der er die Hand reichte, trug ebenfalls ein altertümliches Kleid, das ihre Brust so eng zusammenschnürte, dass diese fast aus ihrem spitzenverzierten Ausschnitt sprang.

Christina musste aber zugeben, dass sie das Kostüm schick fand. Besonders der weit schwingende lilafarbene Rock und der spitzenumsäumte tiefe Ausschnitt hatten es ihr angetan.

Erst als sie ihre Augen wieder von dem Kleid löste, bemerkte sie, dass Michel sie schon eine ganze Weile betrachtete, als würde er sich Christina gerade in solch einem Gewand vorstellen. Zum Glück setzte im nächsten Augenblick die Musik ein, die nicht vom Tonband, sondern von einem anwesenden Gitarristen kam.

Der Maître und Madame Giselle nahmen Aufstellung und begannen mit dem Tanz, der auf den ersten Blick aus nichts anderem zu bestehen schien als aus Schreiten, Hüpfen und sich zwischendurch an der Hand zu fassen. Doch als Christina näher hinsah, bemerkte sie kompliziert wirkende Schrittfolgen, von denen sie sicher war, dass sie sie niemals so elegant hinbekommen würde.

Worauf habe ich mich da bloß eingelassen?, fragte sie sich im Stillen.

Als der Tanz beendet war, brandete Applaus auf. Die beiden Tänzer verneigten sich formvollendet und in Christina stieg Panik auf. Jetzt würden wohl sie drankommen. Auf einmal kam sie sich vor, als hätte sie zwei linke Füße.

»Mesdames et Messieurs, jetzt sind Sie an der Reihe!«

Das Herz klopfte Christina bis zum Hals, als Michel sie auf die Tanzfläche führte. Auch die anderen Paare begaben sich in die Mitte des Raumes. Einige von ihnen waren alt genug, um Christinas Großeltern zu sein. Aber als sie in ihre Gesichter blickte, stellte sie zu ihrer Überraschung fest, dass sich die Paare so liebevoll ansahen, als hätten sie sich gerade erst kennengelernt.

»Alors, fangen wir an!«, verkündete der Maître und klatschte in die Hände. »Die Herren fassen die Damen bei der Hand und vollführen eine Drehung umeinander. Dann begeben sie sich in die Startposition, wie Sie es bei mir und Madame Giselle gesehen haben.«

Als sich ihre Hände berührten, durchfuhr Christina ein Schauer, der sie beinahe zum Stolpern brachte.

Michel wirkte so souverän, als würde er den ganzen Tag über nichts anderes machen, als historische Tänze aufzuführen. Ohne dass man es ihm gesagt hatte, legte er sich sogar die Hand auf seinen Rücken. Der Verdacht, dass er vielleicht der Sohn des Tanzlehrers war, kam Christina in den Sinn. Warum sonst hatte Michel den Vorschlag mit dem Tanzkurs gemacht?

Bevor sie das Gesicht des Maîtres genauer in Augenschein nehmen konnte, kam auch schon das nächste Kommando. »Und jetzt zwei Schritte zur Seite, einer nach vorn.«

Die Paare vollführten die Bewegungen manchmal mehr und manchmal weniger gut. Im Grunde waren es ganz einfach auszuführende Bewegungen, aber dass man dabei einen bestimmten Takt einhalten musste, stellte für manche Schüler eine Schwierigkeit dar.

Michel kam hervorragend mit der Schrittfolge zurecht, was Christina regelrecht neidisch machte.

»Warst du schon mal bei so einem Kurs?«, fragte sie, während sie versuchte, nicht aus dem Takt zu geraten.

»Warum fragst du?«

»Weil es bei dir so einfach aussieht.«

Michel lächelte vielsagend. »Gut möglich, dass ich bei so etwas schon mal mitgemacht habe.«

»Gut möglich?«

»Na, was würdest du von einem Jungen halten, der das offen zugeben würde?«

»Ich würde ihn cool finden!«, gab Christina schmunzelnd zurück.

Schließlich hatten alle Teilnehmer den Tanz so weit begriffen, dass sie weitermachen konnten.

»Zwei Schritte zurück, hüpf, hüpf, dann Drehung und im Kreis umeinander herum«, tönte die Stimme des Tanzlehrers über sie hinweg.

Christina brach, als sie die Worte »Hüpf, hüpf« vernahm, in kurzes Gelächter aus.

»Und jetzt mit Musik!«

Der Tanzlehrer gab dem Gitarristen ein Zeichen, worauf dieser begann, eine mittelalterliche Melodie zu spielen. Sie ähnelte der, zu der der Maître mit seiner Partnerin getanzt hatte, war aber ungleich langsamer, damit die Neulinge besser folgen konnten.

Christina fühlte sich noch ein wenig unsicher, aber an Michels Hand wurde es für sie nebensächlich, dass ihre Schritte alles andere als perfekt waren. Ein Blick zur Seite versicherte ihr, dass die anderen Paare auch nicht viel besser zurechtkamen.

Der Tanzlehrer beobachtete die Schar und nickte zufrieden. Offenbar hatten sie doch nicht so viel falsch gemacht.

»Und jetzt die Figuren für den Mittelteil.«

Der Maître holte sich wieder seine Partnerin heran und beide vollführten die Bewegungen nun noch einmal langsam.

Christina wusste trotzdem nicht, wie sie die beiden gekonnt nachahmen sollte.

»Du musst nicht so sehr auf deine Beine achten, sieh mich einfach an«, riet ihr Michel.

Du hast gut reden, dachte Christina, während sie nickte. *Wie soll ich mich konzentrieren können, wenn ich in deine Augen sehe?*

Doch sie tat, was er ihr riet, und bevor sie so recht wusste, wie sie es hinbekommen hatte, hatten sie sich gedreht und der Tanzlehrer klatschte begeistert in die Hände.

»Sehr gut!«, lobte er. »Und jetzt alles zusammen.«

Michel lächelte Christina an, dass ihre Knie ganz weich wurden. »Siehst du, es geht doch.«

Sie verschwieg ihm lieber, dass sie den letzten Teil des Tanzes gar nicht bewusst ausgeführt hatte.

Die Paare nahmen wieder Aufstellung und der Tanzlehrer bedeutete dem Gitarristen, erneut mit seinem Stück anzufangen. Dieser spielte langsam und die Paare setzten sich in Bewegung. Hier und da gab es noch ein paar kleine Unsicherheiten, aber im Großen und Ganzen gaben sie bereits ein sehr schönes Bild ab.

Nach und nach wurde das Tempo nun gesteigert, bis die Figuren fließend ausgeführt werden konnten. Auch bei

Christina und Michel lief es gut, und Christina war sich auf einmal nicht mehr sicher, ob ihre Wangen von der Anstrengung glühten oder von der Freude über das Lächeln, mit dem ihr Tanzpartner sie immer wieder bedachte.

So hätte sie die ganze Nacht durchtanzen können, doch plötzlich klatschte der Tanzlehrer in die Hände und rief: »Das war es für heute. Wir treffen uns morgen um die gleiche Zeit wieder hier.«

»Schade«, raunte Christina, während sie mit in den Applaus einstimmte, mit dem die Kursteilnehmer dem Maître dankten.

Michel musste es gehört haben, denn er beugte sich vor und flüsterte: »Warum? Schade wäre es gewesen, wenn wir keinen Grund gehabt hätten, uns morgen wieder zu treffen.«

Da musste sie ihm zustimmen. Trotzdem wäre sie gern noch eine Weile geblieben. Jetzt hieß es zurück in die Kabine, zu ihrem Vater, der sie wahrscheinlich beiläufig fragen würde, wie es gewesen war, und dem sie dann eine Geschichte von dem angeblichen Malkurs auftischen musste.

Sie warteten, bis die meisten Kursteilnehmer den Saal verlassen hatten, und schlossen sich dann an.

Christina versuchte erneut, eine Ähnlichkeit zwischen Michel und dem Tanzlehrer auszumachen, doch sie fand keine. Bevor sie den Mut aufbringen konnte, ihn zu fragen, ob der Maître sein Vater sei, drückte er auch schon ihre Hand und sagte mit einem Lächeln: »Bis morgen, Christina.«

»Bis morgen«, gab sie wie im Traum zurück und blickte ihm hinterher, wie er im Gang verschwand. Erst als jemand sie anrempelte und sich umgehend dafür entschuldigte, kam sie wieder zu sich.

Ich hätte Michel folgen können, ging es ihr durch den Sinn. Doch schon im nächsten Augenblick war sie froh, dass sie es nicht getan hatte. Wie hätte das denn ausgesehen? Sie war vielleicht bereit, ihm nachzulaufen, aber das brauchte er jetzt noch nicht zu wissen.

Sie lief zu ihrer Kabine zurück und hoffte, dass sich bis dahin ihr Herzklopfen wieder gelegt hatte.

Diese Nacht war die unruhigste, die Christina bisher erlebt hatte. Die Schiffsmotoren erschienen ihr plötzlich überlaut und ihr Herz pochte im Takt zum Stampfen der Maschinen. Sie hatte gehofft, dass es nachlassen würde, sobald sie wieder von den gelben Tapeten und Möbeln umgeben war, doch da hatte sie sich getäuscht.

Nun lag sie hier im Bett und starrte an die Decke. Die Reflexion des Mondlichtes auf dem Wasser zeichnete wundersame Muster auf die Zimmerdecke und ließ das Messing der Lampe glitzern. So als würde ein leuchtendes Gespenst über ihr schweben. Doch auch das konnte sie nicht ablenken.

Noch am vorhergehenden Tag hatte sie gehofft, dass die Fahrt bald vorbei sein würde. Jetzt hoffte sie, dass es noch viele Tanzstunden geben würde, die sie mit Michel verbringen konnte. Was war nur los mit ihr?

Offensichtlich hatte sie sich verknallt. Und das auf einer Reise, die sie eigentlich gar nicht hatte machen wollen.

Als die Unruhe überhandnahm, erhob Christina sich und holte ihr Handy. Sie überlegte, ob sie ihrer Freundin Kerstin schreiben sollte, doch die schlief wahrscheinlich schon tief und fest und würde nur erschrecken, wenn mitten in der Nacht ihr Telefon losging.

Christina legte das Handy wieder auf den Nachtschrank, und während sie sich vornahm, Michel am folgenden Tag zu fotografieren, fielen ihr schließlich doch die Augen zu.

6

Am nächsten Morgen setzte sich die Verwirrung fort. Christina schob es zunächst auf den Schlafmangel, dass sie Zahnpasta mit Duschgel verwechselte und sich dann auch noch vor dem Frühstück die Zähne putzte. Ihr Vater bekam davon zum Glück nichts mit.

Als sie am vorhergehenden Abend zurückgekehrt war, hatte er noch immer über seinem Artikel gesessen und sich mit ein paar kurzen Antworten zufriedengegeben. Und er hatte auch nichts von ihrer Unruhe bemerkt.

Christina war sicher, dass das bei ihrer Mutter anders gewesen wäre. Sie sah immer, was mit ihr los war. Und sie würde sogar meilenweit entfernt erkennen, dass sie verknallt war.

Ups, war sie verknallt? Sie hatte keine Ahnung, wie sich Verknalltsein anfühlte, aber irgendwas war anders mit ihr. Und ihre Mutter hätte das ganz sicher bemerkt.

Aber sie war nicht hier. Was in dieser Situation einen Glücksfall darstellte, denn sie hätte gewiss gleich alles über

Michel wissen wollen. Und dabei hatten Christina und er sich erst ein Mal verabredet.

Nach der Morgentoilette durchsuchte Christina den Kleiderschrank nach einem Shirt, das in puncto gutem Aussehen der Bluse gleichkam. Dabei überfiel sie dermaßen die Verzweiflung, dass sie ihren Vater fragte: »Gibt es hier auf dem Schiff auch einen Laden für Klamotten?«

»Du meinst eine Boutique«, verbesserte er sie.

»Ja, meinetwegen eine Boutique oder so was«, erwiderte Christina ungeduldig.

Ihr Vater lächelte sie an. »Klar gibt es die, aber ich glaube, dass ein Einkauf dort unser Budget übersteigt. Außerdem wird es da wohl kaum etwas für ein Mädchen deines Alters geben. Warte doch, bis wir in Avignon sind, da kannst du einkaufen gehen.«

Christina seufzte tief. Was nützten ihr coole Klamotten in Avignon? Sie brauchte sie jetzt! Michel würde sicher beim Frühstück sein. Auch wenn sie ihn zuvor nicht bemerkt hatte, heute würde er ihr ganz sicher ins Auge stechen. Und wenn er sie dann in einem schlabberigen Shirt sah …

»Du hättest dir vielleicht ein bisschen mehr Sachen mitnehmen sollen«, meinte ihr Vater.

Christina rollte missgelaunt die Augen und griff nach ihrem grün-gelb gestreiften Lieblingsshirt. Mit der Bluse war das nicht zu vergleichen, aber sie konnte ja den Frühstücksraum nicht gut nackt betreten.

Schon als sie die Kabine verließen, strömte ihnen Kaffeeduft entgegen. Christina meinte, selbst mit verbundenen Augen den Frühstücksraum finden zu können. Diesmal nahm sie sich vor, mehr auf das Essen zu achten, sonst würde ihr Vater vielleicht doch noch Verdacht schöpfen und neugierige Fragen stellen.

Viele Passagiere hatten sich bereits im Restaurant eingefunden. Nette Kellnerinnen mit weißen Schürzen erwarteten sie am Eingang und wünschten ihnen einen guten Morgen.

Christina und ihr Vater strebten ihrem angestammten Platz zu, den sie sich mit einem älteren Ehepaar teilten. Sie hießen Marta und Egon Beckenheimer und kamen aus dem Rheinland, was man deutlich an ihrem Akzent hören konnte. Die Frau war recht stämmig und trug immerzu Kleider mit großen Blütenmustern. Der Mann war schmächtig, hatte eine Halbglatze und einen schneeweißen Schnurrbart, der sich markant von seiner braun gebrannten Haut abhob. Dem Alter nach hätten die beiden Christinas Großeltern sein können. Sie wirkten sehr nett und machten hin und wieder auch recht witzige Bemerkungen.

Heute saßen sie bereits auf ihren Plätzen.

»Jooten Morjen!«, schmetterte ihnen Frau Beckenheimer entgegen. »Da ist ja das Vater-Tochter-Gespann. Ich dachte schon, ihr kommt heute gar nicht mehr.«

Während der vergangenen beiden Tage war die Dame dazu übergegangen, sowohl Christina als auch Roland Sander zu duzen. Das war Christina zunächst etwas komisch vorgekommen, aber ihren Vater schien es nicht weiter zu stören. Ganz Journalist, hatte er die beiden gleich ausgefragt, woher sie kamen und wie es ihnen auf dem Schiff gefiel. Wahrscheinlich hatte er das so gewonnene Material längst in seinen Reisebericht eingebaut.

»Wir hatten eine kleine Bekleidungskrise«, erwiderte Roland Sander, was Christina ein wenig unangenehm war.

»Hat das Mädsche sich nich entscheiden können, wie?« Frau Beckenheimer zwinkerte ihr zu.

Herr Beckenheimer brummte etwas, das sich anhörte wie: »Ja, ja, die Frauen, janzer Schrank voller Kleider, aber nischt anzuziehn.«

Christina lächelte nur. Sie hatte keine Lust, sich mit den Beckenheimers über Kleider zu unterhalten. Lieber wollte sie Michel ausfindig machen. Ein erster Rundblick war jedoch nicht erfolgreich gewesen.

»He, Mädsche, was drehste denn den Hals so, als hättste 'n Jewinde drin?«, fragte nun Herr Beckenheimer.

Hatte Christina die Beckenheimers wirklich jemals lustig gefunden? Jetzt konnte sie das gar nicht mehr nachempfinden.

»Lass uns doch heute zum Buffet gehen«, schlug sie ihrem Vater vor. An den bisherigen Morgen hatte ihnen ein Kellner das Gewünschte gebracht, doch wenn sie hier noch länger sitzen bleiben und den Beckenheimers lauschen musste, würde sie verzweifeln.

Außerdem wollte sie ihnen nicht erklären müssen, dass sie nach einem Jungen Ausschau hielt. Das würde eine Reihe von Fragen nach sich ziehen, die sie nicht beantworten konnte oder wollte.

»Meinetwegen«, antwortete ihr Vater zum Glück und erhob sich.

Das Buffet-Rondell befand sich in der Mitte des Raumes und bot eine Fülle unterschiedlichster Köstlichkeiten. Es gab verschiedene Sorten von Joghurt, Kuchen, Brötchen, Marmeladen und Aufschnitt. Inmitten des Rondells standen zwei Köche, die auf die Sonderwünsche der Gäste warteten. Man konnte bei ihnen Pancakes und Rühreier bestellen, außerdem frisch gebackene Waffeln und Crêpes.

»Das war wirklich eine gute Idee«, meinte ihr Vater, während er seinen Teller vollschaufelte. »Vielleicht sollten wir ab sofort jeden Morgen hierherkommen. Wir sind ja gut zu Fuß und nicht auf den Kellner angewiesen.«

Christina nickte halbherzig, während sie sich erneut umschaute. Noch immer war nichts von Michel zu sehen. War er denn solch eine Schlafmütze? Oder ließ sich sein Vater auch das Frühstück in die Kabine liefern?

Da Roland Sander seine Auswahlorgie beinahe beendet hatte, überlegte sie krampfhaft, wie sie Zeit schinden konnte. Vielleicht indem sie sich etwas bei den beiden Köchen bestellte. Was würde wohl am längsten dauern, bis es auf ihrem Teller landete? Pancakes hatte sie schon lange nicht mehr gegessen. Und so exklusiv, wie hier alles war, würde das vielleicht auch für die Zubereitung der Pancakes gelten.

Sie bestellte also kurzerhand welche bei einem der Köche. Während der Mann freundlich nickte, wunderte sich ihr Vater: »Seit wann magst du denn Pancakes?«

»Seit einer ganzen Weile«, entgegnete sie. »Und die hier sehen nicht so aus, als würden sie aus einer Fertigmischung gebacken werden. Ich möchte sie unbedingt probieren.«

Offenbar klang das überzeugend, denn ihr Vater nickte. »Okay, ich gehe schon mal zum Tisch und unterhalte die Beckenheimers.«

»Ist gut«, entgegnete Christina, überhaupt nicht traurig, dass sie nicht gleich mit ihm gehen konnte. Wäre Michel da gewesen, hätte sie sich bestimmt gewünscht, bei ihm sitzen zu können. Vielleicht kam er ja doch noch und sie konnte sich dann heimlich zu ihm fortstehlen …

Plötzlich entdeckte sie beim Umherschauen einen dunklen Haarschopf in der Menge. War das Michel?

Genau konnte Christina es nicht erkennen, deshalb starrte sie wie gebannt auf den Eingangsbereich, der von hier aus recht gut zu erkennen war.

Nach einer Weile hob sich der Schopf, doch Christina musste zu ihrer Enttäuschung feststellen, dass es sich nicht um Michel handelte. Der Mann war, obwohl sein Haar beinahe genauso aussah und er ebenfalls ein weißes Hemd und Bermudashorts trug, wesentlich älter. Vielleicht Michels Vater?

Christina blickte so beschwörend wie möglich in Richtung Eingang, doch es half nichts, Michel wollte einfach nicht erscheinen.

»So, hier bitte, Mademoiselle!«, schreckte sie der Koch aus ihren Gedanken hoch und schob einen Teller mit dampfenden Pancakes über den Tresen. Sie waren mit Ahornsirup, Sahne und Erdbeeren angerichtet. So einen Riesenberg hatte Christina noch nie gesehen!

Sogleich überfielen sie Zweifel, ob sie das alles überhaupt aufessen können würde. Und wenn Michel sie so sah? Würde er sie für einen Vielfraß halten?

Es blieb ihr allerdings nichts anderes übrig, als zu ihrem Platz zurückzukehren. Ein letzter Blick durch den Frühstücksraum konnte Michel auch nicht herbeizaubern, also musste sie später nach ihm suchen.

Die Beckenheimers fragten Herrn Sander gerade nach seiner Arbeit aus. Als sie Christina bemerkten, lenkten sie ihre Aufmerksamkeit wieder auf sie.

»Das sieht aber joot aus!«, sagte Herr Beckenheimer mit leuchtenden Augen.

»Schatz, ding Blootdruch!«, mahnte ihn seine Frau, aber darauf wollte er nicht hören.

»Soll ich dir auch welche mitbringen?«, fragte er und erhob sich.

»Ja, mach, dann bringste disch wenigstens nisch allein um.«

Der Mann verschwand und Christina schob sich einen fast schon zu großen Bissen Pancakes in den Mund. Beim Essen spricht man nicht – diese Weisheit würde sicher auch Frau Beckenheimer kennen.

Nach dem Frühstück fühlte sich Christina dermaßen voll, dass sie glaubte, sie würde für den Rest der Woche nichts mehr zu sich nehmen können.

Schließlich erhob sie sich und machte sich auf den Weg zum Oberdeck. Irgendwo musste Michel doch stecken! Immerhin war sie heute mit ihm zum Tanz verabredet. Er konnte doch nicht einfach spurlos verschwunden sein!

Auf dem Schiff war an diesem Vormittag sehr viel los. Die Passagiere drängten sich, als gäbe es etwas umsonst zu erwerben. Die meisten von ihnen hatten allerdings nicht vor, auf dem Sonnendeck das schöne Wetter zu genießen. Landgang war angesagt!

Das Schiff hatte über Nacht Avignon erreicht. Auch ohne die Reiseführer ihres Vaters zu wälzen, wusste Christina, dass Avignon eine sehr bedeutende Stadt in Südfrankreich war. Einige Päpste hatten hier vor Jahrhunderten ihren Sitz gehabt, außerdem gab es zahlreiche prächtige Bauten aus dem Mittelalter.

Doch der Anblick vom Hafen aus überraschte sie, denn dort blickte man auf hübsche moderne Häuser und Straßen. Die Blumenrabatten und -kästen vor den Fenstern leuchteten rot und gelb, was einen schönen Kontrast zu den weißen Hauswänden und den grünen Bergen im Hintergrund bildete. Darüber thronten die altehrwürdigen Gemäuer des historischen Avignon.

Zunächst hatte sie sich auf die Suche nach Michel gemacht, aber bald schon einsehen müssen, dass es nichts brachte. Die Menschenmenge, die aufs Anlegen wartete, würde jede Suche vorerst sinnlos machen. Sollte Michel unter den Ausgangslustigen sein, würde er sicher an ihr vorbeikommen.

Schließlich legte das Schiff am Landungssteg an. Nun konnte Christina die Matrosen, die sonst weitestgehend unsichtbar waren, bei der Arbeit beobachten. Sie vertäuten das Schiff und brachten schließlich die Landungsbrücke aus. Der Passagierpulk setzte sich in Bewegung, wurde jedoch von einem der Stewards zunächst zurückgehalten. Was der Grund dafür war, konnte Christina nicht erkennen, doch schließlich trat der Steward zurück und ließ die Leute von Bord gehen.

Vom Trampeln der vielen Füße hatte Christina das Gefühl, das Schiff würde unter ihr schwanken. Sie blickte den Menschen nach, die über den Pier strömten wie eine bunte Welle.

Jetzt erkannte Christina auch, dass die Beckenheimers unter den Passagieren waren. Zum Glück hatten sie sie nicht gesehen.

»Na, was ist, keine Lust auf einen kleinen Landgang?«, fragte plötzlich jemand hinter ihr.

»Michel!«, rief Christina überrascht aus und wirbelte herum. Die ganze Zeit über hatte sie nach ihm gesucht und nun tauchte er so unerwartet auf wie ein Springteufel, der aus seiner Box hüpft. »Wo zum Teufel hast du die ganze Zeit über gesteckt? Als du beim Frühstück nicht aufgetaucht bist, dachte ich schon, du wärst über Bord gegangen.«

Der Junge grinste breit. »Mein Vater und ich bekommen unser Essen in die Kabine gebracht. Er ist ein viel beschäftigter Mann, musst du wissen.«

»Auch schon so früh am Morgen?«

Michel nickte. »Du würdest dich wundern, wie früh morgens er schon auf den Beinen ist und arbeitet.«

»Da habe ich mit meinem Vater wohl noch echtes Glück«, entgegnete Christina und wandte sich wieder dem Anblick des Hafens zu. »Er arbeitet zwar viel und interessiert sich nicht für mich, aber er steht immerhin nicht mit den Hühnern auf und geht zum Frühstück in den Speisesaal.«

Hatte sie damit schon zu viel gesagt? Sie bemerkte eine Veränderung in der Miene des Jungen. Eine dünne, nachdenkliche Falte erschien zwischen seinen Augenbrauen.

»Habt ihr Probleme miteinander?«, fragte Michel und

stellte sich neben sie. So dicht, dass sie die Wärme seines Körpers spüren konnte. Und zwar noch deutlicher als beim Tanzen gestern. Jetzt konnte sie gar nicht mehr anders, als sich wieder zu ihm herumzudrehen.

»Mein Vater hat uns vor zwei Jahren verlassen. Er hat mit einer anderen Frau etwas angefangen, und als das herauskam, ließ sich meine Mutter scheiden. Seitdem hat er sich kaum um mich gekümmert. Wenn ich ehrlich bin, wollte ich das auch nicht, denn ich hatte das Gefühl, dass er uns verraten hat.«

»Wärst du lieber mit deiner Mutter nach Amerika geflogen?«

»Am Anfang schon, aber …«

Sei still, bevor du noch mehr Unsinn redest!, rief sie sich selbst zur Ordnung.

Doch es war zu spät. Michel hatte bereits bemerkt, dass sie mehr sagen wollte.

»Aber?«, hakte er nach und blickte ihr so tief in die Augen, dass sich Christina für einen Moment wie gelähmt vorkam. Mühsam schaffte sie es, ihre Gedanken wieder zu ordnen.

»Aber ich finde es jetzt auf dem Schiff sehr nett«, antwortete sie. »Vielleicht war es doch ganz gut, dass ich mitgefahren bin. Außerdem hatte ich ja keine Wahl.«

Wie Michel sie jetzt wieder ansah! Christina war sicher, dass sie in der kommenden Nacht von seinen Augen träumen würde. Wenn sie denn überhaupt einschlafen konnte.

»Und, wie sieht es mit dem Landgang aus?«, fragte er, denn er schien zu spüren, dass es ihr unangenehm war, von ihrem Vater zu sprechen.

»Würdest du mitkommen?«, entgegnete Christina.

»Nein, mein Vater möchte, dass ich ihm heute bei der Arbeit helfe. Aber du solltest dir die Stadt unbedingt mal anschauen. Vor allem die weltberühmte Brücke und den Papstpalast. Außerdem gibt es viele hübsche Läden in Hafennähe, so brauchst du auch keine Angst zu haben, dass du nicht wieder zurückfindest.«

»He, ich habe kein Problem damit, mich irgendwo zurechtzufinden!«, protestierte Christina, sah aber an seinem Zwinkern, dass er es nicht ernst gemeint hatte.

»Dann sehen wir uns heute Abend beim Tanzen!«, sagte er, bereits wieder im Gehen begriffen. »Viel Spaß!«

Damit verschwand er und ließ Christina mit stark klopfendem Herzen an der Reling zurück. Erst als er im A-Deck verschwunden war, fiel es ihr wieder ein, ihn zu fragen, was sein Vater von Beruf war. Aber das konnte sie ja am Abend machen. Jetzt würde sie erst einmal zu ihrer Kabine zurückkehren und ihre Handtasche für den Landgang holen.

7

»Wo willst du hin?«, fragte ihr Vater, als sie in die Kabine zurückkehrte.

»Auf Landgang«, entgegnete Christina. »Ich will mir Avignon ein wenig ansehen. Immerhin gibt es hier zahlreiche geschichtsträchtige Bauten.«

Ihr Vater zog überrascht die Augenbrauen hoch. »Ich wusste gar nicht, dass du dich dafür interessierst.«

Du weißt anscheinend sehr vieles nicht von mir, dachte Christina und fühlte die alte Enttäuschung in sich aufsteigen.

»Ich mochte schon immer alte Gebäude«, behauptete sie und griff nach ihrer Tasche. »Hier in Avignon gibt es den Papstpalast zu bestaunen und die weltberühmte Brücke …«

»Hast du was dagegen, wenn ich mitkomme?«, platzte es aus Roland Sander heraus.

Jetzt war es Christina, die überrascht dreinschaute. »Ähm … na ja …«

»Ich hatte dir doch versprochen, dass ich einmal mit dir bummeln gehen will.«

Du hältst mal ein Versprechen?, spottete eine Stimme in Christinas Kopf, doch dann hörte sie sich sagen: »Meinetwegen.«

Ihr Vater erhob sich, klappte tatsächlich den Laptop zu und griff nach seiner Kameratasche. »Falls uns etwas über den Weg läuft, das es wert ist, auf Bild festgehalten zu werden«, bemerkte er.

Aha, also doch wieder Arbeit, dachte Christina, rief sich aber zur Ordnung. *Vielleicht sollte ich ihm eine kleine Chance geben. Immerhin hält er mal ein Versprechen, das ist neu nach all den Jahren.*

»Können wir?«, fragte er, woraufhin Christina nur wortlos nickte.

Inzwischen hatte die erste Welle landgangwilliger Passagiere bereits das Schiff verlassen.

Christina reckte den Hals in der Hoffnung, Michel doch noch einmal zu sehen, doch sie wurde enttäuscht. Offenbar hielt ihn sein Vater unter Deck fest.

Zunächst gingen sie durch die Altstadt zur Pont d'Avignon, die eigentlich Pont St. Bénézet hieß und im 12. Jahrhundert erbaut worden war. Das erklärte jedenfalls ihr Vater, der seine Reiseführer auswendig kannte.

Die Mauern und Gebäude, die schon von Weitem sehr imposant ausgesehen hatten, wirkten hier übermächtig, und schon bald kam sie sich wie eine Ameise vor.

Über diesem Gefühl vergaß sie, wie seltsam sie sich doch in Begleitung ihres Vaters vorkam. Einerseits freute sie sich darüber, dass er etwas mit ihr unternahm. Andererseits war es schwierig, all die Bitterkeit hinunterzuschlucken, die sie noch immer wegen des Umstandes empfand, dass er von ihrer Mutter und ihr weggezogen war.

Während der letzten Tage hatte sie sich, wenn sie auf Deck war oder mit Michel sprach, nicht so sehr damit befasst. Auch abends, wenn sie las und ihr Vater arbeitete, hatte sie es geschafft, die negativen Gefühle zu unterdrücken. Aber jetzt machte sie mit ihm einen gemeinsamen Ausflug, wie früher, als noch alles in Ordnung gewesen war.

Das rief Christina plötzlich wieder alles in Erinnerung zurück. Und nach einer Weile fragte sie sich, ob es wirklich eine gute Idee gewesen war, mit ihrem Vater diesen Landausflug zu unternehmen.

Schließlich erreichten sie die Brücke, von der aus man einen guten Blick auf die St.-Nicolas-Kirche hatte.

Die Pont d'Avignon war wie viele alte Gebäude der Stadt aus hellgrauem Stein gebaut; durch einen der Bögen führte eine vierspurige Straße, auf der der Verkehr dröhnte. Zu Christinas Überraschung führte die Brücke nicht ganz über den Fluss. Mittendrin brach sie ab, und genau an dieser Stelle drängten sich Touristen um einen Reiseführer.

»Von den ursprünglich zweiundzwanzig Brückenbögen sind nur diese vier erhalten geblieben«, erklärte Roland Sander.

»Warum hat man sie nicht wieder aufgebaut?«, fragte Christina.

»Soweit ich weiß, ist die Brücke durch Hochwasser im 17. Jahrhundert so schwer beschädigt worden, dass man keinen Sinn darin sah, sie wieder aufzubauen. Man hat sie stehen gelassen und zugesehen, wie das Wasser Brückenbogen um Brückenbogen zerstörte. Erst heute bemüht man sich um den Schutz der verbliebenen Brücke.«

So wie diese Brücke ist es auch mit meinem Vater und mir, kam es Christina in den Sinn, während sie zum anderen Flussufer blickte, das nun unerreichbar schien. *Dadurch, dass er fortgegangen ist, sind Brückenbogen um Brückenbogen abgebrochen. Und jetzt war nur noch ein kleiner Rest übrig geblieben.*

Einen Moment lang betrachteten sie schweigend die Kirche, dann fragte ihr Vater: »Wie gefällt dir die Reise bisher?«

Christina zögerte einen Moment lang. Schließlich antwortete sie: »Ganz gut.«

»Ganz gut? Gibt es etwas, das dir nicht gefällt?«

»Nein, es ist alles bestens«, entgegnete Christina. Eigentlich stimmte das ja auch. Sie hatte Michel getroffen, den süßesten Jungen der Welt. Und bislang hatten sie und ihr Vater sich auch nicht gestritten. Aber es war wie mit der Brücke. Ihr Vater stand an einem Ufer, sie am anderen. Sie konnten sich vielleicht sehen und sich etwas zurufen, aber zueinanderfinden konnten sie nicht.

»Vielleicht schlägt deine Begeisterung ja höhere Wellen, wenn wir shoppen gehen«, sagte Roland Sander.

Aber der Gedanke an die Brücke hatte seine Tochter so sehr gefangen genommen, dass sie darauf nicht einging. Sie hätte es niemals zugegeben, insgeheim wünschte sie sich jedoch, dass die Brücke zwischen ihnen wieder aufgebaut werden würde.

Doch dann senkte sich der Trotz wieder über ihre keimenden Gefühle. Wie immer, wenn sie sich ihren Vater zurückwünschte und fürchtete, dass er sie doch nur wieder enttäuschen würde.

»Was ist denn, Christina?«, bohrte ihr Vater nach.

Christina schüttelte den Kopf und sah ihn nicht an. »Nichts ist. Lass uns gehen und uns was anderes anschauen. Oder meinetwegen auch einkaufen.«

Damit vergrub sie ihre Hände in den Taschen ihrer Jeans und trottete voran. Sie spürte den Blick ihres Vaters in ihrem Rücken, aber sie zwang sich, ihn zu ignorieren. Und auch den Gedanken an die Brücke zwischen ihnen und die Frage, ob sie jemals wieder aufgebaut werden könnte, schob sie beiseite.

Am späten Nachmittag stand Christina vor dem Spiegel und hielt sich abwechselnd eine weiße und eine hellblaue Bluse vor den Körper.

Nachdem sie die Altstadt abgelaufen waren und Christinas Kopf von den vielen imposanten Bauten mit Türmen und hohen Glasfenstern nur so schwirrte, hatten sie tatsächlich noch eine Einkaufsmeile besucht. Ihr Vater hatte sich spendabel gezeigt, und Christina hatte sich den offensichtlich hipsten Laden der gesamten Stadt ausgesucht.

Er wirkte auf den ersten Blick ein wenig unordentlich, und die Musik, die einem schon von Weitem entgegendröhnte, sprengte jedes Trommelfell. Aber abgesehen davon, dass das wenigstens ihre traurigen Gedanken vertrieb, stellte er sich als wahre Fundgrube heraus. Natürlich musste sie sich ein wenig durchwühlen, aber Christinas Gespür für Mode lenkte ihre Finger beinahe automatisch zu einigen absoluten

Traumteilen. Das Geld ihres Vaters brauchte sie dabei völlig auf – aber er hatte ja auch nicht dazugesagt, dass sie sparsam damit umgehen sollte.

Hatte sie am Tag zuvor noch die Frage gequält, was sie überhaupt anziehen konnte, so stand sie jetzt vor einem ganz anderen Problem. Wofür sollte sie sich entscheiden? Blau oder Weiß?

Von ihrer Mutter hätte sie sicher eine ehrliche und passende Antwort bekommen, von ihrem Vater erwartete sie allerdings nicht, dass er sich auskannte. Außerdem hing er seit ihrer Rückkehr aufs Schiff schon wieder die ganze Zeit über an seinem Laptop. Er hatte zahlreiche Fotos geschossen und ständig davon geredet, dass sie sich sehr gut in seinem Reisebericht machen würden. Mehr als ein Brummen würde sie von ihm daher hinsichtlich Modeberatung wohl nicht bekommen, denn die Fotos gingen nun vor. Aber das war ja auch egal. Immerhin war sie in den letzten Jahren auch nicht auf seine Meinung angewiesen gewesen.

Was würde Michel gefallen?, fragte sie sich stattdessen, kam allerdings zu dem Schluss, dass sie genauso gut die Augen schließen und auf eines der Teile tippen konnte. Sie kannte ihn ja erst seit zwei Tagen und war unmöglich imstande, seinen Geschmack zu erraten.

Ein Blick auf die Uhr mahnte Christina schließlich zur Eile. Sie warf beide Blusen aufs Bett, schloss die Augen und begann sie durcheinanderzumischen. Schließlich tippte sie auf eine. Als sie die Augen wieder öffnete, hielt sie die weiße Bluse in der Hand.

»Was sollte das denn?«, fragte ihr Vater, der kurz hochgeblickt und das seltsame Verhalten seiner Tochter mitbekommen hatte.

»Ich wusste nicht, für welche Bluse ich mich entscheiden sollte«, antwortete Christina mit rotem Kopf.

»Das ist ja beinahe so, als würdest du dich für ein Date zurechtmachen. Gibt es in deinem Kurs etwa einen netten Jungen?«

Nun begannen Christinas Wangen erst recht zu glühen. »Nein, warum fragst du?«, entgegnete sie und hoffte, dass er ihr die Schwindelei nicht ansah.

»Weil sich Frauen immer dann besonders schwer dabei tun, sich für ein Kleidungsstück zu entscheiden, wenn sie einen Mann im Auge haben.«

»Ich will einfach nur gut aussehen«, behauptete Christina und verschwand mit der Bluse im Bad.

Dort musste sie erst einmal tief durchatmen. *Bin ich so leicht zu durchschauen?,* fragte sie ihr Spiegelbild.

Dieses konnte ihr natürlich keine Antwort geben, aber offenbar schien ihr Vater, obwohl er schon so lange keinen richtigen Kontakt mehr zu ihr hatte, zu wissen, was in ihr vorging.

Als sie das Bad fertig angezogen verließ, versuchte sie, so ruhig wie möglich zu bleiben.

»Ich geh dann!«, rief sie ihrem Vater zu, aber der war noch immer alarmiert und nahm sie genau unter die Lupe.

»Du siehst toll aus, beinahe so, als hättest du eine Verabredung!«, rief er ihr nach, aber Christina erwiderte nichts mehr darauf und sah zu, dass sie aus der Kabine kam.

»Wie ich sehe, warst du doch an Land«, begrüßte Michel

sie auf dem Gang vor der Empfangshalle. Offenbar hatte er dort schon eine ganze Weile gewartet.

»Woraus schließt du das?«, entgegnete Christina mit Unschuldsmiene, obwohl sie aufgrund seiner Blicke seinen Gedankengang zu erahnen glaubte.

»Deine Bluse ist neu.« Ein verschmitztes Lächeln huschte über sein Gesicht.

»Die hätte ich doch genauso gut mitgebracht haben können«, entgegnete sie.

»Hättest du, aber irgendwie wirkt diese Bluse französisch.«

»Aha, und worin soll nun der Unterschied bestehen?« Sie war sicher, dass sie das Preisschild entfernt hatte, bevor sie die Bluse angezogen hatte. Oder gab es da etwa noch ein zweites Schild, das hervorbaumelte wie bei manchen Hip-Hop-Sängern? Das wäre ihr extrem peinlich gewesen. Nur mühsam unterdrückte sie den Drang, ihren Oberkörper nach solch einem Schild abzusuchen.

»Weiß nicht, ist nur so ein Gefühl«, entgegnete Michel und deutete dann mit einer eleganten Handbewegung auf die Tür. »Wollen wir, Mademoiselle?«

Der »Tanzsaal« schien heute noch voller zu sein als gestern – und das, obwohl der Landgang erst vor ein paar Minuten zu Ende gegangen war und eher zu vermuten gewesen wäre, dass die Leute lieber in ihren Kabinen blieben, um sich auszuruhen oder frisch zu machen.

Ein wenig ängstlich blickte sich Christina nach den Beckenheimers um, aber glücklicherweise schien ihnen nach Erholung zumute gewesen zu sein.

Die Neuankömmlinge mussten entweder gehört haben,

dass der Kurs ganz toll war, oder sie wollten sehen, wie sich die anderen blamierten. Vielleicht hatten einige von ihnen auch mit ihren neuen Tanzkünsten geprahlt, und ihre Bekannten wollten nun sehen, ob sie wirklich so gut waren.

An diesem Abend sollten die komplizierteren Schrittfolgen durchgegangen werden, doch zunächst wollte der Maître wissen, wie viel seine Schüler von seinen gestrigen Ausführungen behalten hatten. Alle mussten Aufstellung nehmen und der Gitarrist begann mit derselben Melodie wie am vorhergehenden Abend.

Überraschenderweise klappte das Tanzen sehr gut. Christina führte es darauf zurück, dass sie unbedingt einen guten Eindruck auf Michel machen wollte. Wenn sie in seine Augen schaute, fühlte sie sich gleich beflügelt.

»Du hast wohl heimlich in der Kabine geübt?«, raunte Michel ihr zu, als sie sich zum Abschluss des ersten Tanzes voreinander verneigten.

Bevor Christina antworten konnte, brandete der Applaus der Zuschauer auf. Auch die anderen Teilnehmer hatten sich wacker geschlagen. Sogar der Maître klatschte ganz begeisterten Beifall.

»Alors, da ich sehe, dass meine Worte an Ihnen nicht fruchtlos vorbeigegangen sind, können wir nun fortfahren.« Damit bedeutete er den Tanzschülern, wieder an den Rand zu treten.

»Ich habe nicht geübt«, flüsterte Christina Michel zu, während der Maître seine Partnerin wieder in die Mitte der Tanzfläche führte.

»Wirklich nicht?«, mimte der Junge den Ungläubigen.

»Glaubst du, ich schwindele?«, bekräftigte Christina. »Mit wem hätte ich auch üben sollen? Mit meinem Vater vielleicht?«

»Na, vielleicht hast du jemanden in der Stadt getroffen, der es konnte. Hier gibt es sehr viele Menschen, die gut tanzen können.«

»Aber doch nicht so etwas Altes!«

»Warum denn nicht? Wir tanzen es doch auch!«

»Pssst!«, machte es da von nebenan, und erst jetzt bemerkten Christina und Michel, dass der Tanz des Maître bereits begonnen hatte.

Nun wandten sie sich ebenfalls der Tanzfläche zu, wo der Maître auf den ersten Blick den gleichen Tanz wie am vorigen Abend vollführte. Doch schon bald fielen ihnen die Unterschiede auf. Einige Figuren waren wesentlich komplizierter und er tanzte sie auch schneller. Christina wurde klar, dass sie ihr kleines Geplänkel jetzt nicht mehr weiterführen konnten, wenn sie sich nicht bis auf die Knochen blamieren wollten.

Wieder zeigte der Maître die Bewegungen im Einzelnen, wieder versuchten die Teilnehmer, es nachzumachen. Bei den meisten blieb es allerdings bei einem Versuch, so auch bei Christina und Michel. Nicht nur einmal traten sie einander auf die Füße, weil einer in die eine, der andere aber in die entgegengesetzte Richtung wollte.

Plötzlich, bei einer besonders schwierigen Drehung, verlor Christina den Halt unter den Füßen. Vielleicht lag es an der Drehung, vielleicht auch an einer Unebenheit im Fußbodenbelag. Oder ganz einfach daran, dass sie sich wieder einmal in Michels Augen verloren hatte. Auf jeden Fall stolperte sie und fiel.

Glücklicherweise reagierte ihr Tanzpartner geistesgegenwärtig und fing sie auf. Dabei kamen sich ihre Gesichter so nahe, dass sie sich um ein Haar unfreiwillig geküsst hätten. Als Christina das bewusst wurde, erstarrte sie.

»Und da sehen Sie mal, was ein Chevalier tun sollte, wenn seine Dame stolpert!«, rief der Maître, der den kleinen Zwischenfall mitbekommen hatte. »Also, meine Herren, lassen Sie Ihre Partnerin ja nicht fallen!«

Auf einmal richteten sich alle Augen im Saal auf die beiden. Vereinzelt wurde Gelächter laut.

Nicht genug damit, dass es für Christina ohnehin schon peinlich war, vor allen gestolpert zu sein, musste sie nun auch noch als Beispiel herhalten!

Michel schien die Situation nicht viel auszumachen. Wie ein Showstar, der gerade eine geplante Einlage vorgeführt hatte, lächelte er in die Runde. Christina war sich sicher, dass sie dagegen wie jemand aussah, dem man gerade mitgeteilt hatte, dass er sich vor der »Versteckten Kamera« zum Affen gemacht hatte. Zumindest hatte sie einen hochroten Kopf; das konnte sie spüren, während sie sich aufrappelte und ihre Bluse zurechtzupfte.

»Alles wieder in Ordnung bei euch?«, fragte der Maître. Und nachdem Michel genickt hatte, fuhr der Tanzlehrer fort.

Nach dem Ende der Tanzstunde war Christina sicher, dass sie am nächsten Morgen einen Mordsmuskelkater haben würde. Aber sie fühlte sich auch glücklich. Klar, die Sache mit dem Stolperer war peinlich gewesen – hatte aber ebenso den Vorteil gehabt, dass sie Michel so nahe gekommen war wie noch nie zuvor. Dieser Gedanke brachte sie zum Lächeln, als sie den Tanzsaal verließen.

Michel, der es bemerkte, fragte: »Woran denkst du gerade?«

Ertappt schnappte Christina nach Luft und konnte zunächst nicht antworten.

»Daran, dass die Tanzstunde heute gar nicht so schlecht war«, brachte sie schließlich hervor, nachdem Michel sie einen Moment lang geduldig angesehen hatte.

»Stimmt, es war zwischendurch sehr nett«, entgegnete er und zwinkerte ihr zu. Offenbar hatte er mitbekommen, woran sie gedacht hatte.

»Ich habe dich nicht mit Absicht angesprungen, das musst du mir glauben!«, entgegnete sie.

»Ich glaube dir. Und eigentlich hatte ich auch ganz andere Dinge im Sinn.«

»Oh.« Christina senkte verlegen den Blick. »Willst du denn morgen wieder mit mir tanzen?«

»Aber sicher doch, keine Frage! Wir sind das bestaussehende Paar des gesamten Kurses, diesen Titel will ich auf keinen Fall abgeben. Hast du gehört, dass der Maître mich Chevalier genannt hat?«

Während sie nickte, fragte sich Christina, wie er es nur schaffte, so selbstsicher zu sein. Sie hingegen fühlte sich einfach nur lächerlich und ungeschickt. Und das nicht nur wegen des Stolperns.

»Also dann, gute Nacht, Mademoiselle Christina! Ich freue mich, dich morgen wiederzusehen.« Michel verbeugte sich, wie es der Tanzlehrer bei seinem Vorführtanz getan hatte, und nahm ihre Hand. Als er ihr einen leichten Kuss daraufdrückte, fühlte sie ein sehr, sehr angenehmes Kribbeln im Bauch.

Wie angewurzelt blieb sie stehen und sah ihm nach, wie er im Gang verschwand. Erst eine ganze Weile später konnte sie sich wieder vom Fleck bewegen.

8

So schön die Tage auch waren, sie ließen die Reise viel schneller vergehen, als es Christina lieb war.

Während Roland Sander über seiner Arbeit für den Reisebericht saß und nur bei den Mahlzeiten mit seiner Tochter redete, nutzte Christina die Gelegenheit, sich so oft wie möglich außerhalb des Tanzunterrichts mit Michel an Deck zu treffen.

Zunächst hatte sie vorgehabt, es ganz zufällig aussehen zu lassen, dann allerdings hatte Michel sie durchschaut und er hatte vorgeschlagen, einander zu festen Zeiten zu treffen.

Er war sehr klug und bei einer ihrer Zusammenkünfte erzählte er ihr, dass er später einmal Biologe werden wollte.

»Warum denn gerade das?«, fragte Christina daraufhin.

»Weil ich inmitten von Lavendelfeldern aufgewachsen bin und gern die Zusammenhänge des tierischen und pflanzlichen Lebens erforschen würde. Du würdest staunen, was so alles zwischen dem Lavendel lebt.«

Neben seiner Liebe für die Lavendelfelder wusste er sehr

viel über die Provence. Beinahe zu jeder Station, an der sie haltgemacht hatten, fiel ihm eine Geschichte ein.

Am besten gefiel Christina die Story, die er ihr von einer kleinen Burgruine nahe Arles erzählte. Eine Grafentochter habe sich geweigert, einen unliebsamen Mann zu heiraten, und sei bei Nacht und Nebel geflohen. Natürlich zu ihrem wahren Liebsten, der nur ein einfacher Seifenmacher war.

»Der Seifenmacher fürchtete, dass die Häscher des Grafen kommen und nach dem Mädchen suchen würden. Das hätte empfindliche Strafen für ihn und auch seine Liebste nach sich gezogen. Er schloss also sein Geschäft und reiste unverzüglich mit ihr nach Marseille, von wo aus er sie nach Ägypten einschiffte. Dort ließ er sich nieder und enthüllte den Ägyptern das Geheimnis französischer Lavendelseife.«

»Und der Graf hat sich das so einfach gefallen lassen?«, wollte Christina wissen.

»Er hatte ja keine andere Wahl«, entgegnete Michel.

Christina fragte sich, ob auch sie alles so einfach für den Mann, den sie liebte, aufgeben würde.

»Wie lange werdet ihr eigentlich in Arles bleiben?«, fragte Michel nach einer kurzen Pause.

»Wieso fragst du?«

»Weil ich in Arles von Bord gehen werde«, entgegnete er. »Mein Vater arbeitet dort. Wir hatten sozusagen nur eine einfache Fahrt ohne Rückticket.«

Bei dieser Ankündigung musste Christina erst einmal schlucken. Bedeutete das, dass damit alles vorbei war?

»Wir werden sicher nur so lange bleiben, wie das Schiff in Arles Aufenthalt hat«, entgegnete sie und fühlte sich dabei, als hätte ihr jemand plötzlich einen Schlag mit einer Keule versetzt.

»Und es besteht keine Möglichkeit, ein wenig länger zu bleiben?«, fragte Michel weiter. »Es wäre schade, wenn ich dich jetzt schon wieder ziehen lassen müsste.«

Christina wusste nicht, was sie dazu sagen sollte. Zum einen freute sie sich, dass Michel nicht vorhatte, sie loszuwerden. Zum anderen wusste sie aber nicht, wie sie es bewerkstelligen sollte, hierzubleiben. Ihr Vater würde sie ganz sicher nicht allein lassen.

»Das wäre schwierig, ich meine, mein Vater ...«, druckste Christina herum.

»Dein Vater ist doch Journalist«, entgegnete Michel. »Und er will über das Schiff und seinen Besitzer schreiben. Vielleicht könnte er ja ein bisschen mehr Flair reinbringen, wenn er auch noch in dieser Gegend recherchieren und Fotos von Land und Leuten machen würde. Das würde seinem Artikel doch zusätzliche Tiefe verleihen.«

»Ich könnte es ihm vorschlagen. Aber wahrscheinlich wird er darauf bestehen, weiter mit dem Schiff mitzufahren. Es müsste schon etwas Wichtigeres sein. Vielleicht ein Interview mit Monsieur Thurnot oder so was Ähnliches. Er hat erzählt, dass er bereits lange versucht, ihn zu einem Interview zu bekommen. Dass mein Vater bei der Jungfernfahrt des Schiffs dabei sein kann, bedeutet ihm schon viel, aber soweit ich weiß, würde er gern auch etwas Persönliches über den Reeder erfahren. Natürlich nicht solchen Kram, wie ihn die Klatschzeitungen bringen. Sicher würde er nur seriöse Dinge fragen.«

»Nun, die Thurnots sind allgemein als sehr zurückhaltend bekannt«, entgegnete Michel.

»Das sagt mein Vater auch. Und ich fürchte, sie werden ihm auf keinen Fall ein Interview gewähren. Wenn ich ehrlich bin, kann ich die Leute sogar verstehen. Ich würde auch nicht wollen, dass ein Reporter sämtliche Geheimnisse von mir auskundschaftet. Glücklicherweise bin ich viel zu unbekannt, als dass mich Paparazzi verfolgen würden.«

»Wer weiß, vielleicht ändert sich das eines Tages. Wenn du den Nobelpreis für irgendetwas bekommst oder Politikerin wirst.«

Christina lächelte jetzt wieder ein wenig. »Ich glaube kaum, dass das passieren wird.«

»Warum denn nicht? Du musst nur an dich glauben.« Michel griff nach ihrer Hand.

Für einen Moment schien Christinas Herzschlag auszusetzen. Warme und kalte Schauer liefen ihr plötzlich über den Rücken, während ihr Gesicht kräftig zu glühen begann. Beim Tanzen hatte Michel auch ihre Hand gehalten, aber da musste das ja so sein. Jetzt schien es keinen zwingenden Grund dafür zu geben – höchstens den, dass er ihr zeigen wollte, wie gern er sie hatte.

»Vielleicht kannst du deinen Vater ja umstimmen.«

»Wenn du mir die Daumen drückst, wird das bestimmt was«, hörte sich Christina sagen, obwohl sie eigentlich schon wusste, wie die Antwort ihres Vaters lauten würde. Er würde sagen, dass es nicht zweckmäßig wäre, länger zu bleiben, immerhin hatte er für seinen Artikel schon genug Informationen.

Diese Gedanken verschwanden allerdings ganz plötzlich, als Christina in Michels Augen blickte. Alles schien von einem Moment auf den anderen zu verschwinden, bis es nur noch sie beide gab.

Küss mich bitte, konnte Christina angesichts seiner weichen Lippen nur denken.

Und als hätte er diesen Gedanken lesen können, beugte Michel sich plötzlich vor.

Im ersten Moment zuckte Christina kurz zurück, dann wurde ihr klar, was er vorhatte. Als ihre Lippen sich berührten, war es, als würde eine warme Welle über ihren Körper hinwegschwappen. Sie schloss ihre Augen und versuchte, sich nur darauf zu konzentrieren, wie er sich anfühlte und schmeckte.

Und jetzt wusste sie, dass sie verknallt war – und offenbar schien es Michel ebenso zu gehen.

Als er sich zurückzog, öffnete sie die Augen. Ihr war ganz schwummerig zumute, aber gleichzeitig fühlte sich alles total wunderbar an. Ein Kuss. Er hatte sie geküsst! Wenn sie auf dieser Kreuzfahrt mit allem gerechnet hätte, dann ganz sicher nicht damit, dass ein toller Typ sie küssen würde.

»Was ist?«, fragte er ein wenig verwundert. »Habe ich dir auf die Lippen gebissen oder so?«

Erst jetzt merkte Christina, dass sie vollkommen abwesend wirken musste. »Nein, das nicht, es ist nur … Es war so wunderbar. Ich … Mich hat zuvor noch niemals ein Junge geküsst. Nicht so …«

»Dann hast du also nichts dagegen, wenn wir das noch mal machen?«

Christina schüttelte den Kopf. Ihr Herz schien direkt unter ihrem Kinn zu schlagen. »Nein. Ich hätte eher etwas dagegen, wenn das unser letzter Kuss sein sollte.«

»Okay, dann bin ich beruhigt«, sagte er sanft und zog sie erneut in seine Arme.

9

»Können wir nicht noch eine Weile in Arles bleiben?«, fragte Christina, nachdem sie in die Kabine zurückgekehrt war.

Wohl war ihr dabei nicht. All die wunderbaren Gefühle, die sie vorhin gehabt hatte, schienen schlagartig verschwunden zu sein. Nun waren ihre Hände eiskalt und ihr Herz raste. Sie hatte in den letzten Tagen nicht gerade dadurch geglänzt, dass sie sich sonderlich viel mit ihrem Vater unterhalten hatte. Auf seine Bemerkungen hatte sie meist einsilbig reagiert. Und jetzt hatte sie vor, ihm einen so großen Gefallen abzuringen. Würde er sich darauf einlassen?

Die Geschichte von der Grafentochter und dem Seifenmacher fiel ihr wieder ein und flößte ihr Mut ein. Sie wollte Michel auf gar keinen Fall jetzt schon verlassen müssen. Nicht nach diesem Kuss, nicht, wenn sie sich ausmalte, was sie gemeinsam vielleicht noch alles Schönes erleben könnten.

Auf einmal merkte sie, dass es nicht die Frage an ihren Vater war, die ihr Angst einflößte, sondern seine mögliche

Antwort. Und vor allem fürchtete sie sich davor, Michel zu verlieren.

Roland Sander blickte sie erstaunt an. »Du weißt, das Schiff fährt zwei Tage nach unserer Ankunft in Arles wieder in Richtung Lyon.«

Bitte!, flehte Christina im Stillen.

»Wir könnten doch einen Flug nehmen«, hielt sie dagegen. »Bestimmt gibt es hier auch irgendwelche Billig-Airlines, mit denen wir nach Köln fliegen können.«

»Sicher, aber die Zeit auf dem Schiff kann ich nutzen, um den Artikel zu schreiben und noch zu recherchieren, falls mir etwas fehlt.«

Der alte Unmut gegenüber ihrem Vater keimte nun wieder in Christina auf. *Immer die Arbeit*, dachte sie. *Die ist natürlich wichtiger als ich oder einer meiner Wünsche.*

Aber anstatt wie sonst zu maulen oder bockig zu werden, startete Christina einen erneuten Versuch. Das hier durfte sie nicht vermasseln!

»Du könntest in Arles zusätzliche Fotos schießen«, schlug sie vor, so wie es ihr Michel geraten hatte. »Du hast zwar welche von der Reise gemacht, aber deine Leser interessiert es doch sicher, wie die Stadt aussieht. Vielleicht springt sogar ein zweiter Artikel für dich raus. Wenn wir mit dem Schiff wieder zurückfahren, werden wir doch nur wieder das sehen, was wir schon gesehen haben.«

Ihr Vater sah nun von seinem Laptop auf und musterte sie fragend. »Gibt es einen Grund, warum du unbedingt länger in Arles bleiben möchtest?«

Christina versuchte, ihre Erregung zu verbergen. Sie durfte auf keinen Fall zugeben, dass ein Junge dahintersteckte! Auch wenn sie jetzt sicher so rot wie eine Tomate wurde.

»Ich würde mir gern mehr von der Gegend anschauen«, schwindelte sie und hoffte inständig, dass ihr Vater nicht weiter nachhaken würde. »Ich habe gehört, dass es dort ein paar schöne Ruinen zu besichtigen gibt. Und Lavendelfelder. Außerdem hat Arles eine interessante Geschichte.«

Christina wurde bewusst, dass sie sich anhören musste wie jemand, der aus einem Reiseführer vorlas. Aber sie tat so, als sei das normal.

Ihr Vater lachte und sagte: »Hast du von den Lavendelfeldern, die du vom Schiff aus siehst, noch nicht genug?«

Das war zwar besser, als wenn er nun begonnen hätte, sie mit Fragen zu löchern. Doch Christina verletzte es doch ein wenig, dass er sie offenbar nicht ernst nahm. Würde das anders sein, wenn sie ihm beichtete, dass sie sich in einen Jungen verknallt hatte?

Sicher nicht! Er durfte auf keinen Fall von Michel erfahren. Später einmal vielleicht, aber nicht jetzt. In diesem Stadium hätte sie noch nicht einmal ihrer Mutter etwas davon erzählen wollen. Sie war doch kein kleines Kind mehr, das jede Kleinigkeit zu Hause berichten musste!

»Vom Schiff aus kann ich die Felder nur sehen, aber nicht anfassen und auch nicht an den Blüten riechen. Außerdem würde Mama sich bestimmt über einen getrockneten Lavendelstrauß freuen. Oder über ein Mitbringsel aus der Stadt.«

Christina hatte damit gerechnet, dass zumindest das Geschenk für ihre Mutter ein triftiges Argument sein würde, aber offenbar verband ihre Eltern seit der Trennung wirklich nicht mehr als gelegentliche Anrufe, in denen es hauptsächlich um die Tochter ging.

Die Brücke, dachte sie traurig. *Offenbar bröckelt jetzt noch ein Bogen weg.*

»Ich werde darüber nachdenken«, antwortete ihr Vater kühl und drehte sich wieder um.

Christina spürte, dass ihn jetzt nichts und niemand von seiner Arbeit abbringen konnte. Vielleicht hätte sie ihre Mutter besser nicht erwähnen sollen. Wenn ihr Vater sagte, dass er es sich überlegen wollte, würde am Ende doch bloß wieder ein Nein herauskommen, wie es auch früher immer der Fall gewesen war.

Christina ließ sich seufzend auf ihr Bett sinken. Und was sollte sie nun machen? Bestenfalls würde sie noch einen oder auch nur einen halben Tag mit Michel verbringen können, dann würde das Schiff wieder auslaufen. Und während er in Arles blieb, würde sie wieder zurück nach Deutschland müssen.

Klar, das würde auch der Fall sein, wenn ihr Vater dem verlängerten Aufenthalt doch noch zustimmte. Aber so würde sie nicht nur einen weiteren Tag mit ihm haben, sondern vielleicht drei, vier oder sogar fünf!

Der Gedanke, dass sie ihren Vater bitten konnte, allein in Arles zu bleiben und mit dem Flugzeug nach Hause zu fliegen, ging ihr erneut kurz durch den Kopf. Doch wahrscheinlich würde er sie dafür noch für zu unselbstständig halten. Da würde das Argument, dass sie, wenn sie Austauschschülerin wäre, auch allein zurechtkommen müsste, gewiss nichts bringen.

Als ihr das hartnäckige Schweigen und das Klappern der Tastatur zu viel wurde, verließ Christina die Kabine wieder.

Sie entdeckte Michel auf dem Sonnendeck. Er lag auf einer Liege, die zwischen den Stühlen zweier ziemlich beleibter Damen mit großen Sonnenhüten und leuchtend bunten Badeanzügen eingekeilt war. Michel wirkte zwischen ihnen ein wenig verloren.

Während Christina still vor sich hin grinste, fragte sie sich, ob er die Chance einer freien Liege genutzt und sich zwischen sie gesetzt hatte oder ob die beiden später gekommen waren. Aber sogleich kehrten wieder ihre Sorgen zurück und das Lächeln verging ihr.

Vielleicht wäre es besser, wenn ich verschwinde, dachte sie. *Dann brauche ich ihm wenigstens jetzt noch nicht zu beichten, dass ich keine Ahnung habe, was wir machen sollen.*

Doch in dem Moment entdeckte Michel sie und erhob sich von seiner Liege.

»Na, wie sieht es aus?«, fragte er, während er sein Buch unter den Arm klemmte. Seinen Platz auf der Liege schnappte sich nun jemand anderer.

»Nicht gut«, entgegnete sie, denn warum sollte sie um den heißen Brei herumreden. »Mein Vater will es sich überlegen.«

»Aber das ist doch schon was!«

»Nicht in der Welt von Roland Sander«, entgegnete Christina. »Bei ihm bedeutet ein Jein eher Nein als Ja.«

»Vielleicht solltest du nicht so schwarzsehen. Auch dein Vater ändert bestimmt mal seine Meinung.«

Das hat er auch nicht getan, als er Mama verlassen hat, dachte Christina niedergeschlagen. *Er hätte ebenso wiederkommen können, aber seine Meinung stand damals gleichfalls schon fest.*

»Gibt es vielleicht etwas, womit ich dich ein wenig aufmuntern kann?«, fragte Michel, als er sah, dass sie bekümmert den Kopf senkte.

Christina schüttelte den Kopf.

»Wie wäre es, wenn wir uns heute Abend auf dem Sonnendeck treffen und gemeinsam den Mond anschauen«, schlug er vor. »Morgen findet das Captain's Dinner zum Abschluss der Reise statt, da wird das Deck wahrscheinlich voller Leute sein, die mal frische Luft schnappen wollen. Aber wenn wir Glück haben, müssen wir uns heute das Deck nur mit verliebten Pärchen teilen.«

Michel hatte recht, das munterte sie ein wenig auf. Und was die verliebten Pärchen anging – nun ja, sie wusste noch nicht so recht, was sie beide waren, aber sie für ihren Teil war höllisch in ihn verknallt.

»Also gut, wann treffen wir uns?«, fragte sie und bemerkte, dass seine Augen vor Freude aufleuchteten.

»Gegen Mitternacht, wenn alles schläft. Dann kriegen wir vielleicht den Wachwechsel mit.«

»Ist das denn so etwas Besonderes?«

»Eigentlich nicht, aber die Schiffsglocke hört sich bei Nacht besonders schön an.«

Christina konnte das nicht so recht glauben. Und warum hätte man denn auch nachts die Passagiere mit lautem Glockengebimmel aus dem Schlaf holen wollen? Aber allein schon die Vorstellung, mit Michel den Mond oder einfach nur die Lichter in der Ferne zu betrachten, war wunderschön.

»Außerdem kriegt niemand mit, dass wir uns küssen. Das ist der große Vorteil.« Michel zwinkerte ihr lächelnd zu und legte einen Arm um ihre Schulter.

Obwohl ihr die Sache mit dem Abschied in Arles schwer im Magen lag, konnte es Christina an diesem Abend gar nicht erwarten, dass ihr Vater zu Bett ging. Immer wieder blickte sie auf die Uhr und nach draußen, doch die Zeit wollte einfach nicht vergehen. Dies war die letzte Nacht, die Michel und sie auf dem Schiff verbringen würden. An das morgige Anlegen in Arles wollte sie besser gar nicht denken. Vielleicht sah sie ihn nie mehr wieder! Sie hatte keine Ahnung, wie sie in diesem Fall weitermachen sollte. Die Ferien würden die Hölle sein und die darauffolgenden Schulwochen auch. Sie brauchte einfach mehr Zeit!

Doch ihr Vater würde sich sicher nicht mehr umstimmen lassen.

»Was ist mit dir, langweilst du dich?«, bemerkte Roland Sander, als er die Unruhe seiner Tochter bemerkte.

»Was?« Christina schreckte aus ihren Gedanken auf. So richtig mitbekommen hatte sie nicht, was er gesagt hatte, aber in den meisten Fällen konnte sie nichts falsch machen, wenn sie mit »Ja, klar« antwortete.

»Dann mal doch etwas. Ich dachte, der Zeichenkurs war so gut.« Erst jetzt wurde ihr klar, was ihr Vater zuerst gefragt hatte und was sie darauf geantwortet hatte.

»Nein, zum Malen habe ich jetzt keine Lust«, entgegnete sie, erhob sich von ihrem Bett und ging zu dem Schrankfach, in dem für die Gäste auch ein paar Bücher bereitlagen.

Die Auswahl wurde durch das erneute Anschauen nicht besser, aber schließlich entschied sich Christina für Jules Vernes »In 80 Tagen um die Welt«. Damit schwang sie sich auf das Bett und hoffte, dass ihr Vater sie ab nun in Ruhe ließ.

Ihre Rechnung schien tatsächlich aufzugehen, allerdings musste sie sich dazu zwingen weiterzublättern, denn immer wieder blieb ihr Blick starr auf die Zeilen gerichtet und sie dachte an das Rendezvous im Mondschein.

Wie viel Zeit sie so verbrachte, wusste sie nicht, doch endlich war es so weit. Ihr Vater rief den Zapfenstreich aus. Christina, die sonst immer beim Zubettgehen trödelte, huschte rasch ins Bad und schlüpfte in ihr Nachtgewand. Als ihr Vater die Badezimmertür hinter sich zuzog, ging sie zum Schrank und nahm die Sachen heraus, die sie später tragen wollte. Sie hatte sich für die Bluse entschieden, die sie bei der ersten Tanzstunde angehabt hatte. Damals war sie immerhin nicht gestolpert.

Bei Nacht wirkten die Decks doch ein wenig unheimlich. Die Lichter waren gedämpft worden und das sonore Geräusch der Schiffsmotoren kam ihr jetzt lauter als am Tage vor. Hinter den Kabinentüren war alles still. Nicht einmal ein Schnarchen ertönte.

Christina folgte dem Gang bis zur Treppe, die aufs A-Deck führte. Von dort aus ging es weiter, bis sie oben ankam.

Ein paar Leute befanden sich tatsächlich auf dem Oberdeck. Ob es sich um Matrosen oder um Passagiere handelte, wusste Christina nicht. Aber es war doch nicht verboten, nachts oben auf dem Schiff zu sein, oder?

Nachdem sie sich kurz umgeschaut und nichts von Michel entdeckt hatte, erklomm sie das Sonnendeck. Leises Gewisper durchdrang hier das Motorengeräusch. Tatsächlich schienen sich einige Pärchen eingefunden zu haben. Allerdings waren sie nur schemenhaft zu erkennen.

Christina wusste nicht so recht, was sie tun sollte. Ein wenig ratlos ließ sie ihren Blick über die verwaisten Sonnenbänke schweifen. Was, wenn sie nun genau neben einem Paar landete, das heftig knutschte? Das wäre doch sicher entsetzlich peinlich!

Schließlich ging sie zu der Liege, an der sie Michel zum ersten Mal getroffen hatte. Hier war offenbar niemand. Da Christina sich aber nicht hinsetzen wollte, lehnte sie sich gegen das Geländer und zupfte nervös an ihrem Blusensaum.

Was ist, wenn er nicht kommt?, ging es ihr durch den Kopf. *Wenn er eingeschlafen ist oder mich nur auf den Arm nehmen wollte?*

Doch dann ertönten Schritte, und als sie aufblickte, sah sie ihn.

»Na, du?«, fragte er und lächelte, als würde er in diesem Augenblick kein bisschen nervös sein.

Christina jedoch hatte das Gefühl, als würde in ihrem Inneren ein Schwarm von Schmetterlingen wild herumflattern und durcheinanderschwirren.

Er beugte sich vor und küsste sie sanft, beinahe schüchtern, als hätten sie das nicht zuvor schon gemacht.

»Na, du«, war das Einzige, was sie erwidern konnte, als er sich wieder von ihr löste.

»Hast du das Paar da vorn gesehen?«, fragte Michel, nachdem sie sich etwas verlegen angesehen hatten. Es war eben was anderes, jemanden in der Nacht zu treffen.

»Da sind so einige, wenn ich mich nicht täusche.«

»Ja, aber die haben ausgesehen, als wollten sie sich gegenseitig auffressen. Ich glaube, wir sollten hier weg, bevor es richtig schlimm wird.«

»Und wohin wollen wir?«

»Ich könnte dir ein wenig vom Schiff zeigen und dir was drüber erzählen.«

Ist das das passende Thema für ein Rendezvous?, fragte sich Christina. Aber genau genommen kam es nicht so sehr drauf an, worüber sie sprachen, sondern dass sie zusammen waren.

»Okay«, sagte Christina und folgte Michel nach unten.

»Die ›Flussprinzessin‹ ist eines der modernsten Schiffe der Thurnot-Flotte«, begann er wie ein Reiseleiter zu referieren, als sie über das A-Deck schlenderten. Auch hier war alles ruhig, und dementsprechend leise sprach er.

Christina beobachtete ihn beim Reden und bemerkte, dass auch er damit nur seine Nervosität überspielen wollte. Das erleichterte sie ein wenig.

»Erzähl mir doch lieber was über deine Familie«, fiel sie ihm ins Wort, als er anfing über Motorenstärken zu sprechen, als wollte er irgendwann einmal Schiffsbauer werden.

»Meine Familie«, wiederholte er überrascht.

»Na ja, du hast doch eine, oder? Immerhin hast du mir erzählt, dass du mit deinem Vater hier bist.«

Michel nickte und die Antwort kostete ihn sichtlich ein bisschen Überwindung. *Sprach er nicht gern über seine Familie? War zwischen ihm und seinem Vater etwas vorgefallen?*

Christina hätte ihm diese Fragen gern gestellt, doch sie traute sich nicht. Und sie wollte ihre Zweisamkeit auch nicht durch Dinge zerstören, die Michel unangenehm waren.

»Ja sicher. Mein Vater ist … Kaufmann.«

»Wirklich?«, fragte Christina lächelnd. »Ich dachte schon, dein Vater sei der Tanzlehrer.«

Jetzt fiel die Anspannung ein wenig von Michel ab.

»Nein, er hat es eher mit Zahlen. Aber wenn ich ehrlich bin, wäre ich gern der Sohn vom Maître. Er hat bestimmt ein abenteuerliches Leben.«

»Ja, und die größte Gefahr, die er zu meistern hat, sind ausrutschende Tanzschülerinnen«, fügte Christina lachend hinzu. »Stell dir mal vor, du hättest mich nicht aufgefangen. Dann wäre ich durch den gesamten Saal gekullert, hätte andere umgerissen, und letztlich wäre eine dicke Frau auf dem Maître gelandet.«

Michel lachte auf. »Du hast eindeutig zu viel Fantasie!«

»Na, wäre das denn so abwegig?«

»Nein, aber bestimmt hat es noch nie ein Tanzschüler-Domino gegeben. Sonst hätte der Maître sicher längst aufgegeben.«

Eine kleine Pause entstand, in der Christina erneut klar wurde, wie sehr sie Michel vermissen würde.

»Ich wünschte, dass mein Vater einen guten Grund bekommen würde, zu bleiben«, seufzte sie. »Immerhin könnte er doch wirklich ein paar Fotos mehr schießen. Oder das

Anwesen dieses Reeders belagern. Manchmal wünschte ich, er wäre ein Paparazzo, dann würde er sicher tagelang dort ausharren wollen.«

Michel sah sie lächelnd an. »Vielleicht solltest du es dir ganz fest wünschen. Manchmal werden Wünsche wahr.«

»Aber doch nur im Märchen«, entgegnete Christina.

Michel wirkte nun, als hätte er eine extrem gute Idee. »Wünsch es dir trotzdem«, beharrte er und legte einen Arm um sie. »Vielleicht dann, wenn eine Sternschnuppe fällt.«

Christina blickte zum sternenklaren Himmel hinauf. Die Milchstraße funkelte und strahlte wie ein Diamantencollier.

»Was machen wir, wenn wir uns nicht mehr wiedersehen?«, fragte sie, nachdem sie eine ganze Weile nur dem Brummen des Schiffsmotors und dem Plätschern des Kielwassers gelauscht hatten.

»Dann schreibe ich dir. Oder ich komme dich besuchen«, entgegnete Michel. »Aber ich bin zuversichtlich, dass sich ein Weg finden wird.«

»Wie kannst du da so sicher sein?«, fragte Christina.

»Manchmal muss man auf sein Glück vertrauen.«

Das hörte sich reichlich esoterisch an, fast wie aus einem Lebenshilferatgeber. Aber in diesem Augenblick wollte sie daran glauben, dass solche Bücher hin und wieder auch wahre Weisheit kundtaten. Sie lehnte sich an Michels Schulter, blickte nach oben, und als tatsächlich eine Sternschnuppe über den Himmel huschte, schickte sie ihr ihren Wunsch stumm hinterher.

Im nächsten Augenblick legte Michel seine Hand um ihre Schulter und küsste sie.

10

Am nächsten Morgen kam Christina nur mit Mühe aus dem Bett. Die wenigen Stunden Schlaf machten sich bemerkbar und brachten ihre Lider dazu, immer wieder zuzufallen. Beim Duschen, beim Anziehen, ja sogar auf dem Weg zum Frühstücksraum.

»Was ist denn mit dir los?«, fragte Roland Sander, als Christina beinahe einen Steward, der ihnen entgegenkam, über den Haufen lief.

»Nichts«, antwortete Christina und rieb sich erneut gähnend die Augen. »Ich habe heute Nacht nicht besonders viel geschlafen.«

Ihr Vater betrachtete sie nachdenklich. »Gibt es etwas, worüber du mit mir reden willst?«

Christina schüttelte den Kopf. Sollte sie ihm etwa von ihrer Nachtwanderung übers Schiff erzählen? Niemals! »Nein, es geht sicher gleich wieder. Ich werde heut 'nen Cappuccino nehmen, dann werde ich bestimmt wach.«

Der Cappuccino war allerdings fast nicht nötig, denn am

Tisch erwarteten sie wieder die gut gelaunten Beckenheimers.

Obwohl deren Geplapper Christina ein Stück wacher machte, war sie in Gedanken so sehr mit dem vorhergehenden Abend beschäftigt, dass sie nur die Hälfte mitbekam. Sie stocherte in ihrem Obstsalat herum und bemerkte beinahe nicht, dass ein Mann zu ihnen trat.

Er trug einen feinen Anzug und hielt einen Umschlag in der Hand. »Monsieur Sander?«, fragte er.

»Ja, der bin ich«, entgegnete der Vater entgeistert. Auch den Beckenheimers blieb der Mund offen stehen, wie Christina aus den Augenwinkeln heraus erkennen konnte.

»Das hier ist eine Nachricht von Monsieur Thurnot«, erklärte der Anzugträger in gutem Deutsch, in dem ein leichter französischer Akzent mitschwang. »Er wünscht, dass ich sie Ihnen persönlich übergebe.«

Roland Sander blickte drein, als ob er eine Fata Morgana gesichtet hätte. Er ergriff den Brief und bedankte sich. Der Mann im Anzug nickte ihm zu und verschwand wieder aus dem Raum.

Für einen Moment bildete sich Christina ein, dass jedermann hier den Atem angehalten hatte. Dass der Mann nicht irgendein Kellner war, hatte man ihm angesehen. Vielleicht war es jemand von der Thurnot-Reederei.

Gespannt blickte sie auf die Hände ihres Vaters. Sie bemerkte, dass sie leicht zitterten, als erwarte er irgendeine schlechte Nachricht. War es das vielleicht auch? Für einen kurzen Augenblick fürchtete Christina schon, dass es in dieser Nachricht um ihre Mutter ging.

Dann endlich griff Herr Sander nach seinem Frühstücksmesser, wischte es sorgsam mit der Serviette ab, bis kein Butterrest mehr an ihm klebte, und schnitt den Brief auf.

Das Briefpapier hatte einen leichten Lavendelton und wirkte sehr edel. Ganz oben sah Christina ein Wappen durchscheinen – dasselbe, das sie schon gerahmt in der Lobby des Schiffes gesehen hatte.

»Das gibt es doch nicht!«, murmelte Roland Sander schließlich so erschüttert, dass Christina schon glaubte, ihr Vater hätte soeben seinen Auftrag verloren.

»Was gibt es nicht?«, hakte sie nach, während die Beckenheimers sie neugierig belauerten.

»Das hier!«, erwiderte Roland Sander. »Wochenlang hatte ich mich bemüht, und nun …«

Irgendwie hatte Christina das Gefühl, dass er ihr den Inhalt des Briefes mitgeteilt hätte, wenn die Beckenheimers nicht da gewesen wären.

Können die beiden nicht endlich aufstehen und in ihre Kabine gehen?, fragte sie sich im Stillen. Immerhin hatte der Kellner ihr Gedeck bereits abgeräumt.

»Ich erzähle es dir nachher«, fuhr Roland Sander fort, faltete das Schreiben und ließ es in seiner Jackentasche verschwinden. Dann griff er nach seiner Kaffeetasse und trank sie hastig aus.

Draußen machten sich bereits die ersten Passagiere auf den Weg zum Oberdeck. Hinter den anderen Türen herrschte rege Geschäftigkeit. Wahrscheinlich würden die Leute alle so schnell wie möglich von Bord gehen wollen.

Was Christina anging, wäre sie gern noch ein Weilchen auf dem Schiff geblieben – mit Michel natürlich. Aber er würde von Bord gehen und bestenfalls würden sie sich noch ein Mal sehen können. Ihre Lovestory wäre zu Ende, bevor sie richtig anfangen konnte.

Christinas Vater schien ihren Kummer nicht zu bemerken. Seine Gedanken waren nur bei diesem mysteriösen Brief, den er vor den Beckenheimers nicht näher hatte erläutern wollen.

Als sie in ihrer Kabine angekommen waren und Christina sich gerade frustriert aufs Bett werfen wollte, stieß er einen Jubelschrei aus.

So etwas hatte sie bei ihrem Vater noch nie gesehen. War ihm mitgeteilt worden, dass er im Lotto gewonnen hatte?

»Ich habe es geschafft!«, rief er aus und begann, wie von der Tarantel gestochen durch die Kabine zu hüpfen.

Christina fragte sich, ob der Koch versehentlich Drogen unter das Pancakemehl gemischt hatte.

»Ich habe die Zusage für ein Interview mit Jean Thurnot bekommen.«

Christina starrte ihn überrascht an. *Sollte es wirklich wahr werden?*, dachte sie mit Herzklopfen. *Wenn er das Interview bekam, dann bedeutete es auch, dass sie auf jeden Fall länger bleiben konnten …*

»Ich hatte dir doch erzählt, dass die Thurnots extrem medienscheu sind«, berichtete er begeistert weiter. »Wenn es irgendwelche Verlautbarungen von ihnen gibt, dann nur über Sekretäre und Sprecher. Wahrscheinlich war der Mann, der mir den Brief gebracht hat, einer von ihnen.«

»Und wann soll das Interview stattfinden?«

»Übermorgen! Wir werden also bis spätestens Donnerstag in Arles bleiben.«

Christina hätte aufjubeln können! Ihr blieben noch drei Tage. Drei Tage, die sie mit Michel verbringen konnte, denn ihr Vater würde zu tun haben!

»Das ist ja wirklich super!«

»Ja, das finde ich auch. Ich werde der erste Reporter sein, der seit vielen Jahren ein Porträt über einen Thurnot schreibt! Wenn das nicht den Pressepreis gibt, dann weiß ich auch nicht!«

Christina nickte ihm beipflichtend zu, aber eigentlich war ihr dieser Preis ganz egal. Sie musste Michel finden! »Ich muss nur noch mal schnell nach oben, ich glaube, ich habe dort was verloren«, sagte sie und stürmte aus der Kabine.

Sie war nicht sicher, ob sie Michel an Deck finden würde. In der vergangenen Woche hatte sie ihn zu so früher Stunde nur ein Mal gesehen – an dem Tag, als der Landgang in Avignon anstand. Ansonsten war er immer erst ab Nachmittag an Deck gegangen.

Suchend ließ sie ihren Blick schweifen. Dabei übersah sie ganz, dass die Beckenheimers neben der Tür zum Oberdeck standen und offenbar auf jemanden warteten.

»He, Mädsche!«

Christina blieb wie zur Salzsäule erstarrt stehen. Dass sie das besser nicht hätte tun sollen, merkte sie im nächsten Augenblick. Die Beckenheimers kamen zu ihr und es gab nun kein Entrinnen mehr.

»Sach doch mal, warum hattes ding Vatter so eilisch jehabt?«

O nein, bloß das nicht, dachte Christina genervt, während sie versuchte, an Frau Beckenheimer vorbeizuschauen.

»Hatter im Lotto jewonn?«

»Nein, es hat was mit seiner Arbeit zu tun«, antwortete Christina und reckte den Hals.

»Hat er 'ne Beförderung jekrischt?«, fragte Herr Beckenheimer, und beide rückten nun noch ein Stück näher, als wollten sie sie zerquetschen.

Christina bekam beinahe Panik, doch dann tauchte ein dunkler Haarschopf an der Reling auf. Michel!

»Entschuldigen Sie, ich muss los!«, rief sie und sprintete davon, bevor die Beckenheimers ihr etwas hinterherrufen konnten. Ein Mann beschwerte sich, als sie ihn anrempelte, aber Christina ignorierte ihn.

Michel blickte sie erstaunt an. »Was ist denn mit dir los?«, fragte er, als sie atemlos vor ihm stehen blieb. Ein paar Leute sahen sie verwundert an, andere schüttelten den Kopf.

Christina beugte sich vornüber und musste erst einmal verschnaufen. »Du glaubst nicht, was passiert ist!«, keuchte sie. »Mein Vater hat einen Brief von Monsieur Thurnot bekommen.«

»Und, was schreibt er?«

»Dass er ihm ein Interview gewährt. Aus diesem Grund werden wir ein wenig länger in Arles bleiben und nicht mit dem Schiff zurückfahren.«

»Dann können wir uns also doch noch treffen«, entgegnete Michel strahlend, griff nach ihren Händen und gab ihr einen Kuss. »Siehst du, hab ich's nicht gesagt, manchmal hilft das Wünschen wirklich!«

Christina lächelte ihn an. »Wirst du denn Gelegenheit haben, ein wenig Zeit mit mir zu verbringen?«

»Aber sicher!«, entgegnete er begeistert. »Ich werde mit dir durch die Lavendelfelder gehen und dir zeigen, wo es Schlangen gibt.«

»Echt?«, fragte Christina und spürte, wie sich eine Gänsehaut auf ihren Armen bildete. »Richtige Schlangen?«

»Richtige Schlangen. Nattern, Blindschleichen und Kreuzottern.«

»Sind die nicht gefährlich?«

»Solange man ihnen nicht auf den Schwanz tritt oder hektische Bewegungen macht, nein.«

»Und wenn man aus Versehen auf eine drauftritt?« Christina erschauderte. Sie hatte noch nie viel für Schlangen übriggehabt.

»Keine Sorge«, entgegnete Michel. »Ich bin ja bei dir und weiß, wo sie sich aufhalten.«

»Und wenn sie mich doch beißen, saugst du mir dann das Gift raus? So wie sie es in den Western immer machen?«

»Auch das!« Der Junge lachte. »Wenn du möchtest, können wir auch eine verwunschene Klosterruine aufsuchen. Oder ein verfallenes Schloss. Wir haben davon so einige in der Nähe von Arles, denn diese Stadt war mal sehr bedeutend.«

»Das würde mir sehr gefallen«, entgegnete sie und war froh, dass der Zufall ihr auf diese Weise zu Hilfe gekommen war.

»Wann wollen wir uns treffen? Wisst ihr schon, in welchem Hotel ihr übernachten werdet?«

»Nein, bis jetzt noch nicht, aber vielleicht kann ich dir eine Nachricht über WhatsApp schicken und Bescheid geben. Das Hotel hat sicher W-Lan.«

»Eine gute Idee!« Michel zog einen kleinen Schreibblock und einen Bleistift aus einer seiner ausgebeulten Taschen. Offenbar war er für jeden Fall gerüstet. Rasch notierte er seine Handynummer, dann faltete er den Zettel zusammen und reichte ihn Christina. »Ich werde alle paar Minuten auf mein Handy schauen«, versprach er.

»Ist das nicht ein bisschen häufig?«, neckte sie ihn. »Du wirst noch gegen eine Straßenlampe laufen, wenn du ständig auf dein Handy starrst.«

»Dieses Risiko nehme ich in Kauf«, entgegnete er lachend. »Wenn dir also etwas an meinem Wohl liegt, dann schreibst du mir so schnell wie möglich, okay?«

»Das muss ich mir noch überlegen. Immerhin hat bisher noch kein Junge so dringend auf eine Nachricht von mir gewartet.« Sogleich war es ihr ein wenig peinlich, das gesagt zu haben, denn es bedeutete vielleicht, dass sie eine Langweilerin war, um die sich die Jungs nicht rissen.

Doch Michel grinste breit. »Eine Schande! Die Jungs in Deutschland wissen wohl nicht, was gut ist. Aber okay, umso besser für mich!« Damit winkte er ihr zu und verschwand in Richtung Achterdeck.

Eigentlich hatte Christina am Anfang überhaupt keine Lust gehabt, zum Captain's Dinner zu gehen. Aber jetzt, wo sie wusste, dass sie Michel noch für einige weitere Tage sehen würde, konnte sie schließlich doch so etwas wie Freude aufbringen.

Ihr Vater und sie saßen diesmal nicht mit den Beckenheimers zusammen. Da die Gäste alle platziert wurden, fanden sie sich am Tisch zweier Unternehmerpaare wieder. Die Männer trugen elegante Anzüge und die Frauen Abendkleider, die in allen möglichen Farben glitzerten.

Christina kam sich dagegen in ihrer neuen Bluse und der Jeans ein wenig schäbig vor. Ihr Vater hatte natürlich an alles gedacht und einen Anzug mitgenommen. Dunkel erinnerte sie sich, dass er ihr schon vor Wochen geraten hatte, sich auch etwas Schickes einzupacken. Jetzt ärgerte sie sich sehr, dass sie nicht auf ihn gehört hatte.

Auch diesmal blieben die Fragen über die »reizende Tochter« nicht aus, aber die beiden Paare waren wesentlich leichter zufriedenzustellen als die Beckenheimers. Lediglich die Informationen, dass sie bei ihrer Mutter lebte, aufs Gymnasium ging und noch keinen Freund hatte, reichten aus, um das Interesse an ihr zu erschöpfen.

Während sich die Erwachsenen nun über Firmen und Verlagshäuser zu unterhalten begannen, hielt Christina Ausschau nach Michel. Doch wohin sie auch blickte, sah sie nur mit eleganten Anzügen bekleidete Männer, die großteils älter als ihr Vater waren. Michel war nicht zu entdecken. Wo steckte er nur?

Sie hatten sich zwar nicht zum Captain's Dinner verabredet, aber weil er davon gesprochen hatte, war sie fest davon ausgegangen, dass er ebenfalls hier sein würde.

»Was suchst du denn?«, fragte Roland Sander, als er bemerkte, wie sie den Kopf reckte.

Ach ja, das hatte sie ganz vergessen. Ihr Vater war da, und es war daher besser, wenn sie sich nicht so auffällig verhielt. Außerdem würde sie auch nicht einfach mit Michel tanzen können, ohne neugierige Fragen zu riskieren. Aber sie wollte ihn wenigstens sehen, und vielleicht ergab sich eine Chance, sich mit ihm zu verdrücken.

Allerdings ließ Michel sich auch Stunden später nicht blicken. Der Ansprache des Kapitäns war das Dinner gefolgt, bei dem sie sich diesmal nicht wie sonst die Speisen vom Buffet holen mussten, sondern diese an den Tisch gebracht bekamen. Bis auf den großen roten Hummer, der ihnen aufgetischt wurde, fand Christina alles sehr lecker, wenngleich sie wie ein Spatz auf ihrem Teller herumpickte. Immer wieder schweifte ihr Blick über die Tische hinweg, doch Michel tauchte nicht auf. Stellte das Captain's Dinner für seinen Vater zu viel Trubel dar?

Als schließlich die Musik einsetzte und die Paare auf die Tanzfläche stürmten, begab sich Christina auf eine kleine Rundtour durch den Saal. Dabei entdeckte sie den Tanzlehrer, der in einem normalen Smoking vollkommen verändert aussah. Die Beckenheimers waren schon von Weitem zu hören, sodass sie es schaffte, rechtzeitig einen Bogen um sie zu machen, bevor sie sie wiedererkannten und an ihren Tisch riefen.

Einen Versuch wollte sie noch wagen und draußen nach Michel suchen. Doch auch auf dem Sonnendeck war er nicht, dafür aber das knutschende Pärchen vom Vorabend.

Ein wenig niedergeschlagen kehrte Christina in den Festsaal an ihren Tisch zurück. Ihr Vater unterhielt sich mit einem der Männer, während das andere Paar das Tanzbein schwang. Er schien nicht mal bemerkt zu haben, dass sie weg gewesen war.

Warum war Michel nicht da? Gut, sie hatten sich nicht verabredet, aber irgendwie hatte sie doch gehofft, ihn zu sehen. Ging es ihm vielleicht nicht gut? Oder gab es einen anderen Grund?

Während sie seufzend auf ihre Schuhspitzen blickte und versuchte, die Tanzkapellenmusik auszublenden, konnte sie nur eines denken: *So toll Michel auch ist, manchmal stellt er für mich echt ein Rätsel dar.*

11

Als Christina mit ihrem Vater von Bord ging, hatte er bereits eine Idee, in welchem Hotel sie nächtigen konnten. Kaum hatten sie die Landungsbrücke hinter sich gebracht, zückte er auch schon sein Handy und begann herumzutelefonieren.

Während sich die Verhandlung mit dem Hotelrezeptionisten ein wenig in die Länge zog, blickte sich Christina nach Michel um.

Ihr Herz fühlte sich irgendwie schwerer an als noch in den Tagen zuvor. Sie hatte so gehofft, ihn am letzten Tag auf dem Schiff zu sehen, aber er war nicht aufgetaucht.

Diesmal entdeckte sie ihn tatsächlich – und zwar genau in jenem Augenblick, als er mit einem elegant gekleideten Mann in eine schwarze Limousine einstieg. Arm schien seine Familie jedenfalls nicht zu sein.

Christina hegte kurz die Hoffnung, dass er sich umschauen und ihr zuwinken würde. Doch das tat er nicht. Er schien sie nicht einmal zu sehen. Was war los? Waren die Küsse vergessen? Hatte er noch vor dem Captain's Dinner das Gedächtnis verloren? Wohl kaum. Doch was war passiert, dass er sich nicht hatte blicken lassen? Und wer war dieser Mann, mit dem er eingestiegen ist? Sein Vater? Gerade als sie sich fragte, ob es sinnvoll wäre, sich das Autokennzeichen zu merken, legte ihr Vater auf.

»Wir haben ein Hotel!«, rief er triumphierend. »Und zwar das ›Arlésienne‹. Eines der größten in der Stadt.«

»Der Name klingt sehr elegant«, entgegnete Christina und freute sich, dass es nicht eine kleine Pension war. Ein großes Hotel würde seinen Gästen doch wohl hoffentlich einen W-Lan-Zugang zur Verfügung stellen, mit dem sie Nachrichten über WhatsApp verschicken konnte.

»Das ist es auch, aber in unserer Situation können wir uns das leisten. Gott, ich kann immer noch nicht fassen, dass sich Thurnot von mir interviewen lässt!« Damit wandte sich Roland Sander auf der Suche nach einem Taxistand um. Tatsächlich machte er einen ganz in der Nähe ausfindig.

»Los, lassen wir uns ins ›Arlésienne‹ chauffieren!«, sagte er zu seiner Tochter und ging voraus.

Christina blickte sich noch einmal nach der Limousine um, doch mehr als das Heck und die Rückleuchten bekam sie nicht mehr zu sehen. Michel war hinter den getönten Scheiben nicht zu erkennen.

Schon als sie sich dem Hotel näherten, war Christina klar, dass die Gäste dieses Hauses eher selten mit dem Taxi hierhergebracht wurden. Das Haus wirkte wie ein Palast und auf dem großen Rondell vor dem Eingang parkten ein paar schwarze Limousinen.

Sogleich wurde Christina wieder an den Wagen erinnert, der Michel und den Mann, der wahrscheinlich sein Vater war, abgeholt hatte.

Der Taxifahrer machte direkt vor der Treppe halt. Sofort eilte ein Page herbei und öffnete die Tür.

»Vos bagages, Mademoiselle?«, fragte der junge Mann in der roten Livree.

Christina wurde rot. Sie hatte bislang nur im Unterricht französisch geredet – und das eher mittelmäßig.

»Er fragt, ob er dein Gepäck nehmen soll«, erklärte ihr Vater, der den Taxifahrer in Rekordgeschwindigkeit bezahlt hatte.

»Äh, oui, merci!«, stammelte Christina daraufhin. Der Page nahm lächelnd ihre Tasche und trug sie ins Hotel.

Als sie die Hotelhalle betrat, blieb Christina die Luft weg. Von allen Seiten her schien es ihr golden entgegenzuleuchten. In der Mitte der Halle baumelte ein gewaltiger Kristallluster von der Decke. Es gab elegante Säulen und der Fußboden war aus blank poliertem dunklem und hellem Marmor. Wären in diesem Augenblick nur schwarz und weiß gekleidete Menschen auf ihm umhergelaufen, hätte man das Ganze für eine überdimensionale Schachpartie halten können.

»Beeindruckend, nicht wahr?«, fragte Roland Sander plötzlich und schreckte sie aus ihrer Betrachtung.

Christina schnappte nach Luft.

»Na, na, beruhige dich, wer außer mir soll denn schon hinter dir auftauchen und dich auf Deutsch anreden?«, fragte er und hob die Hand, an der ein Zimmerschlüssel mit einem goldenen Schild baumelte.

»Entschuldige«, sagte sie und blickte sich nach der Tasche um, die der Page auf einen Gepäckwagen neben der Treppe gelegt hatte. Der junge Mann schleppte gerade das Gepäck eines anderen Gastes von draußen herein. Da Roland Sander nicht auf den nächsten freien Pagen warten wollte, schnappte er seine Tasche kurzerhand selbst und reichte seiner Tochter ihr Gepäck.

»Das kleine Stück zu unserem Zimmer schaffen wir doch noch allein, oder?«

Christina nickte. »Klar doch!«

»Es ist schon faszinierend«, plauderte ihr Vater neben ihr, als sie in den altmodisch wirkenden Fahrstuhl stiegen. »Da denkt man, hier sei alles retro, aber der Mann am Empfang hat mir erklärt, dass dieser kleine Schlüssel hier mit einem Chip ausgestattet ist, der es anderen unmöglich macht, in das Zimmer einzubrechen. Da kann man mal sehen, dass moderne Technik nicht unbedingt so unelegant wie in manch anderem Hotel daherkommen muss.«

»Mhm«, machte Christina und war gedanklich schon bei dem W-Lan-Code, den ihnen der Concierge ebenfalls ausgehändigt hatte. Sie konnte es kaum erwarten, ein wenig Ruhe zu haben, um eine Nachricht an Michel zu schreiben.

Obwohl das Zimmer – falls Christina zwischendurch richtig gehört hatte – einfach gehalten sein sollte, stand es der Kabine auf dem Schiff in nichts nach. Gelbe Tapeten gab es hier nicht, doch ansonsten ähnelten sich die Räume in der Einrichtung. Sogar ein großes Ölgemälde hing an der Wand. Es zeigte allerdings keine Landschaft, sondern eine dicke Dame, die ein wenig wie Frau Beckenheimer aussah. Nur der große Hut und das altertümliche Kleid unterschieden die beiden voneinander. Die Vorhänge waren hier rot und das Fenster bot einen guten Ausblick auf den Hof. Dort fuhren gerade weitere Limousinen vor. Einige brachten neue Gäste, andere nahmen Abreisewillige wieder mit.

Nachdem Christina ausgepackt hatte, ging sie unter dem Vorwand, sich ein wenig umsehen zu wollen, nach unten. Dort setzte sie sich in die Lobby, zog den Zettel mit dem Code aus der Tasche und loggte sich mit ihrem Handy in das W-Lan-Netz ein.

Innerhalb weniger Minuten erhielt sie etwa zwanzig Nachrichten – eine etwas längere Nachricht ihrer Mutter und unzählige Nachrichten ihrer Freundinnen, die ihr Urlaubsfotos schickten. *Na wartet, bis ihr ein Bild von Michel seht,* dachte sie lächelnd. Das Beantworten dieser Nachrichten verschob sie allerdings auf später, jetzt wollte sie erst einmal Michel Bescheid geben. Also tippte sie seine Handynummer ein und schrieb:

Hi, Michel,
wollte dir nur mal kurz Bescheid geben, dass wir im »Arlésienne« abgestiegen sind. Toller Laden! Warst du schon mal hier drin? Schreib mir, wann wir uns morgen treffen wollen. Ich werde eine Shoppingtour als Vorwand nehmen.
Liebe Grüße
Christina

Nachdem sie sie abgeschickt hatte, fragte sie sich, wie lange es wohl dauern würde, bis eine Antwort kam. Michel war sicher längst zu Hause, doch Christina erwartete nicht, dass er nichts anderes zu tun hatte, als die ganze Zeit über sein Handy vor der Nase zu haben.

Da es ihr in der Lobby zu langweilig war, sie aber auch nicht zurück aufs Zimmer wollte, schlenderte sie hinaus in den Hotelgarten. Um diese Uhrzeit gingen viele Leute spazieren oder sonnten sich einfach nur auf den Bänken. Im hinteren Teil des Gartens fand sie eine kleine, schattige Rosenlaube, die vollkommen verwaist war. Sie setzte sich auf die Bank und schaute hinaus auf den Park, der mit Sommerblumen bepflanzt war und in dessen Mitte ein Musikpavillon stand, in dem ein paar Kinder spielten.

Da summte es in ihrer Hosentasche.

Christina zog ihr Handy hervor. Zu ihrer großen Überraschung fand sie tatsächlich schon die Antwort von Michel.

Salut, Christina,
lange nichts mehr von dir gehört. ;-) Ich freue mich, dass ihr so eine tolle Unterkunft bekommen habt, das Hotel ist eines der ältesten in Arles. Wenn du magst, hole ich dich morgen gegen zehn Uhr ab. Bis dann und liebe Grüße zurück
Michel

Wieder waren die Schmetterlinge da. Er hatte sie nicht vergessen! Minutenlang betrachtete sie seine kurze Nachricht, las sie wieder und wieder. Als sich schließlich jemand zu ihr in die Rosenlaube gesellte, bekam sie es gar nicht mit. Versonnen lächelnd tippte sie eine Antwort und ließ ihre Gedanken schon mal vorauswandern zum nächsten Tag.

12

Am nächsten Morgen wurde Christina schon sehr früh wach. Ihr erster Blick fiel auf die Zimmerdecke, auf die das schwache Tageslicht feenhafte Gebilde malte. Für einen kurzen Moment dachte sie, sie befände sich noch immer auf dem Schiff, doch dann bemerkte sie, dass unter ihr nichts mehr schaukelte.

Ihr Vater schlief noch tief und fest. Hin und wieder war ein leises Schnarchen von ihm zu hören, aber daran lag es nicht, dass sie sich nicht einfach umdrehen und weiterschlafen konnte. In ihrem Bauch kribbelte es, wenn sie an den bevorstehenden Tag dachte.

Zum ersten Mal mit Michel allein! Ohne andere Passagiere, die sie neugierig anglotzten, ohne die Angst, ihr Vater könnte auftauchen und sie sehen. Dieser Tag musste einfach himmlisch werden!

»Hast du was dagegen, wenn ich mich ein wenig in der Stadt umschaue und shoppen gehe?«, fragte Christina ihren Vater, nachdem sie aufgestanden waren und gefrühstückt hatten. Sicher würde es ihm nichts ausmachen, wenn sie sich den ganzen Tag allein beschäftigte.

»Nein, mach nur, und viel Spaß!«, rief er, während er wieder auf seine Computertastatur einhämmerte.

Unten angekommen sah sie, dass Michel bereits am Hoteltor wartete. Er saß auf einem roten Motorroller, sein Gesicht war unter dem Helm kaum zu erkennen. Aber da er ihr zuwinkte, war sich Christina sicher, dass er es war.

Sie blickte sich vorsichtshalber noch einmal zum Hotel um, um sich zu vergewissern, ob ihr Vater nicht etwa aus dem Fenster schaute, dann lief sie zum Tor.

»Guten Morgen, Mademoiselle, haben Sie Lust auf eine kleine Tour durch Arles?«

»Natürlich, sehr gern!«, entgegnete Christina. Michel reichte ihr daraufhin einen Helm, und nachdem sie ihn aufgesetzt hatte, schwang sie sich hinter ihm auf den Sozius.

Nachdem sie sich durch den Stadtverkehr von Arles geschlängelt und einige sehr malerische und alte Gebäude passiert hatten, fuhren sie zu den Lavendelfeldern. Diese wurden von schmalen Feldwegen eingerahmt, an deren Rändern hohes Gras und alte, knorrige Olivenbäume wuchsen.

Auf einem dieser Wege kamen sie zum Stehen und Michel schob seinen Motorroller hinter einen Baum.

»Es wird besser sein, wenn wir von nun an laufen. Die Wege werden weiter oben nicht besser.«

»Hast du keine Angst, dass dir der Roller gestohlen werden könnte?«, fragte Christina, während sie ihren Helm abnahm.

Michel schüttelte den Kopf. »Nein, hier kommt kaum jemand lang und von der Straße her kann man das Gelände nur sehr schlecht einsehen. Ich war schon öfter hier und mir ist noch nie etwas weggekommen.« Lächelnd zog er seinen Zündschlüssel ab und verstaute ihn in der Tasche. »Ich hoffe, du bist gut zu Fuß.«

Christina deutete auf ihre Stoffturnschuhe. »Also wenn es hier wirklich Schlangen geben soll, dann werden mich diese Treter wohl nicht davor schützen, gebissen zu werden. Aber laufen kann ich eine Weile damit.«

»Okay, dann komm mit!«

Sie folgten einem schmalen Pfad, der nach einer Weile wirklich zu uneben für einen Motorroller wurde. Um sie herum begannen die Zikaden zu zirpen und die Olivenbäume rauschten sanft im Wind, der den Geruch von Lavendel zu ihnen herübertrug. Christina schloss kurz die Augen und atmete tief durch.

»Ich frage mich gerade, ob es hier auch schon so ausgesehen hat, als sich die Grafentochter aus deiner Geschichte weigerte, den ungeliebten Mann zu heiraten«, sagte sie und öffnete die Augen dann wieder.

»Bestimmt!«, entgegnete Michel lächelnd. »Nur würde man hier mit einem Pferd sicher wesentlich besser vorankommen als mit einem Motorroller.«

Christina versuchte, sich vorzustellen, wie es wohl wäre, mit Michel auf einem Schimmel durch den Lavendel zu reiten. Sie würde ein traumhaftes Kleid tragen und er wäre ihr Gavotte tanzender, gut aussehender Prinz, der sie auf sein Schloss entführte.

»Vorsicht!«, vertrieb Michels Stimme ihren Tagtraum. Blitzschnell packte er sie am Arm und hielt sie zurück.

Christina zuckte erschrocken zusammen. Wäre sie eben beinahe auf eine Schlange getreten? Erst wagte sie es nicht, aber dann blickte sie doch nach unten. Es huschte jedoch nur eine große Eidechse vorbei.

»Du wärst beinahe draufgetreten«, sagte Michel und ließ seine Hand wieder sinken.

»Und ich dachte schon, vor mir wäre eine Schlange.« Christina atmete erleichtert auf.

»Das ist doch hier kein tropischer Regenwald!«, gab Michel lachend zurück. »Hier gibt es zwar hin und wieder ein paar davon, aber sie kriechen einem nicht ständig über den Weg. Nur wenn wir großes Glück haben, entdecken wir vielleicht mal eine. Schlangen sind scheu und reagieren auf jede Erschütterung des Bodens.«

Großes Glück? Christina spürte, wie sie eine Gänsehaut bekam. An Schlangen wollte sie am liebsten überhaupt nicht denken. Und sie würde auch froh sein, wenn sie keine Einzige davon sah.

»Ich werde aufpassen, dass du auf keine drauftrittst«, fügte Michel rasch hinzu, als er ihr Schaudern bemerkte.

Sie gingen immer weiter, bis sie schließlich an den Rand der Felder gelangten. Den Olivenbaum, hinter dem Michels Motorroller stand, konnte Christina von hier aus nicht mehr sehen. Dafür erhob sich etwas abseits von den Feldern ein riesiges Anwesen, das auf den ersten Blick wie ein kleines Schloss wirkte. Von dem Hügel, auf dem sie standen, hatten sie einen hervorragenden Blick darauf.

Das Haus war aus den für diese Gegend typischen grauen Steinen errichtet, wirkte aber keineswegs verwittert. Es hatte zwei Stockwerke, in die hohe Fenster eingelassen waren, in denen sich die wenigen Wolken am Himmel spiegelten. Das Dach leuchtete feuerrot und konkurrierte mit der Blumenpracht im Garten. Ein wenig abseits des Hauses befanden sich ein Nebengelass und ein großer Stall. Sicher gab es dort auch Pferde, mit denen man durch die Lavendelfelder reiten konnte.

»Wem gehört das Herrenhaus dort hinten?«, fragte Christina fasziniert.

»Das ist das Anwesen der Thurnots«, erklärte Michel.

»Und dürfen wir uns hier einfach so herumtreiben?«

Michel blickte ein wenig verlegen, wie es schien, zur Seite. Dann sagte er: »Mein Vater arbeitet dort. Uns wird hier niemand behelligen.«

»Dein Vater arbeitet für die Thurnots?«

Das erklärte wohl, warum Michel von einer Limousine abgeholt worden war. Sein Vater hatte die Fahrt gewiss mitgemacht, um zu sehen, ob auf dem Schiff alles glattlief. War er vielleicht der Mann, der ihnen das Schreiben des Reeders gebracht hatte?

»Ja, schon seit vielen Jahren«, entgegnete Michel und deutete dann auf das Lavendelfeld zu ihrer Linken. »Komm mit, dort ist der Lavendel am schönsten.«

Christina hätte gern mehr gewusst, zum Beispiel ob er auch in dem Herrenhaus wohnte und wie es dort so war. Hatten die Thurnots Kinder? Und wenn ja, wie alt waren sie?

Jetzt denke ich fast schon wie mein Vater, der Journalist, ging es ihr durch den Sinn. Dann folgte sie Michel.

In dem Meer lilafarbener Blüten tummelten sich zahlreiche weiße und gelbe Schmetterlinge.

»Sie mögen den Nektar des Lavendels ganz besonders«, erklärte Michel. »Manchmal scheint es, als wären es Hunderte. Zitronenfalter, Kohlweißlinge, Pfauenaugen. Meist konkurrieren sie mit Bienen und Hummeln, die die Pollen einsammeln.«

Für einen Moment war Christina so überwältigt von den tanzenden Schmetterlingen, dass sie sogar die Schlangen vergaß. Dann blickte sie zur Seite. Michels Blick lag auf ihrem Gesicht.

Sie lächelte ihn an, doch er erwiderte ihr Lächeln nicht. Er sah sie einfach nur an.

»Hi«, sagte er nach einer Weile, als würde er sie zum ersten Mal sehen.

»Hi«, erwiderte sie. Ihr Herz flatterte. Und dann beugte sich ihr Kopf wie von allein vor und ihre Lippen suchten seine. Er zog sie in seine Arme und sie küssten sich. Und obwohl sie das schon ein paar Mal getan hatten, fühlte es sich wieder vollkommen neu an.

Wieder waren die Schmetterlinge da, aber da war auch mehr. Sie spürte ein seltsames Ziehen in ihrem Bauch, sie spürte, wie ihr gesamter Körper auf seine Nähe reagierte. An Sex hatte sie bislang schon häufiger gedacht, doch nie war da jemand gewesen, mit dem sie es gern getan hätte. Aber in diesem Moment war sie sich sicher: Wenn sie mit jemandem schlafen wollte, dann mit Michel …

Allerdings schreckte dieser nur einen Moment später zurück.

Christina sah ihn verwirrt an.

»Du meine Güte, das hat uns gerade noch gefehlt!«, murmelte Michel und blickte über ihre Schulter.

»Was ist los?«, fragte Christina und blickte sich um.

Ein Mädchen kam auf sie zugestiefelt. Sie war vielleicht zwölf oder dreizehn Jahre alt, trug Latzhosen und bändigte ihr langes braunes Haar mit einem gewellten Haarreifen.

»Carole, was suchst du hier?«, fragte Michel und für einen kurzen Moment verspürte Christina so etwas wie Eifersucht.

»Ich wollte schauen, was du so treibst, Bruderherz«, entgegnete das Mädchen und warf Christina einen hochnäsigen Blick zu. »Ah, du hast Gesellschaft. Wo hast du die denn aufgegabelt?«

Christina hatte kurz Erleichterung darüber verspürt, dass die Fremde nur Michels Schwester war. Doch aus seinen Worten und seiner Reaktion war zu schließen, dass die beiden nicht gerade das beste Verhältnis zueinander hatten. Mal abgesehen davon, dass Carole alles andere als ein freundliches Mädchen zu sein schien.

»Das ist Christina«, stellte er sie ein wenig widerwillig vor. »Sie kommt aus Deutschland, wie du dir vielleicht schon gedacht hast. – Christina, das ist meine Schwester Carole.«

Die beiden Mädchen nickten sich zu und musterten einander.

Christina fühlte sich unwohl, und angesichts des Blicks, mit dem Carole sie bedachte, stieg Zorn in ihr auf. Ging es noch ein bisschen überheblicher?

»Du bist also aus Deutschland, ja?«, fragte Carole abschätzig. »Bist du 'ne Austauschschülerin oder was?«

»Nein, ich bin mit meinem Vater hier. Wir sind auf der ›Flussprinzessin‹ gefahren und wohnen jetzt im ›Arlésienne‹.« Es war nicht Christinas Art, mit solchen Dingen anzugeben, aber Carole forderte es regelrecht heraus.

Allerdings wirkte sie nicht sonderlich beeindruckt.

»Ihr habt wohl im Lotto gewonnen, wie? Oder gespart.«

Christina spürte, wie es allmählich mit ihrer Beherrschung vorbei war. Wie konnte man in dem Alter schon so arrogant sein? Michel war doch nicht so!

»Carole, hast du nicht irgendwas bei den Pferden zu tun?«, fragte er nun genervt. »Warum schleichst du mir hinterher?«

»Weil's mir Spaß macht!« In Caroles Stimme lag ein Ton, der Christina überhaupt nicht gefiel. Ihre Abneigung war nicht zu überhören, aber da war noch etwas. Carole wirkte, als würde sie ein Geheimnis mit sich herumtragen. Eines, das Michel und sie betraf.

»Geh trotzdem wieder nach Hause«, sagte Michel streng. »Sonst beißt dich womöglich noch eine Schlange.«

Carole musterte Christina giftig, und es hätte diese nicht überrascht, hätte die Schwester darauf geantwortet, dass diese Schlange wohl seine neue Freundin sei.

»Mich hat noch nie eins von diesen Viechern gebissen«, erwiderte sie dann aber und sah ihren Bruder mit funkelnden Augen an. »Ich könnte euch doch begleiten und ein paar Fotomotive sammeln.«

»Das kannst du auch ein anderes Mal machen.«

»Und wenn ich gerade heute will?«

Michel schnaufte. »Carole, lass mich mit Christina allein, klar?«

»Damit ihr knutschen könnt, was?« Das Mädchen verzog angewidert das Gesicht.

»Es ist meine Sache, was ich mache, immerhin bin ich der Ältere von uns. Und ich sage dir, verschwinde, sonst ziehe ich dir die Ohren lang!«

Als Michel auf seine altersmäßige Überlegenheit anspielte, blickte Carole noch wütender drein. »Na schön, ich gehe. Dann viel Spaß mit deiner Schnepfe!«, fauchte sie und wirbelte aufgebracht herum.

Michel atmete tief durch und legte die Hände auf die Hüften. Christina konnte ihm nur zu deutlich ansehen, dass er seine Schwester für ihre Bemerkung wohl am liebsten geohrfeigt hätte.

»Und lass gefälligst deine Finger von meinem Computer!«, rief er ihr hinterher, während sie mit langen Schritten durch den Lavendel stapfte.

»Da hast du gleich mal einen kleinen Einblick in unsere Familie bekommen«, seufzte Michel, als seine Schwester außer Hörweite war.

»Ich weiß gar nicht, was du hast. Sie ist doch supernett!«, entgegnete Christina sarkastisch.

Michel erkannte ihren Unterton und lachte auf. »Ja, ich glaube auch, dass ihr die besten Freundinnen werdet. Aber noch besser wäre es, wenn wir ihr nicht noch mal über den Weg laufen würden. Mit ihren dreizehn Jahren ist sie schon ein richtiges Biest.«

»Und wie willst du das anstellen? Immerhin ist sie deine

Schwester. Sie lässt sich bestimmt nicht sagen, wohin sie gehen soll.«

Michels Augen funkelten schelmisch. »Ich habe eine Idee. Komm mit!«

Er rannte voran und Christina blieb nichts anderes übrig, als ihm zu folgen.

»Wohin wollen wir?«, fragte sie keuchend, als sie ihn eingeholt hatte.

»Das wirst du gleich sehen.«

»Kannst du mir nicht wenigstens einen kleinen Tipp geben?«

»Nein, sonst ist es ja keine Überraschung mehr.«

Während sie die dichten Lavendelbuschreihen durchpflügten, schaute Christina immer wieder auf den Boden, aus Furcht, auf eine Schlange zu treten. Michel hingegen bewegte sich ganz souverän, als würde er jeden Tag hier entlanglaufen. Irgendwann gab sie es schließlich auf und fiel hinter ihm zurück.

Sie rannten den Hang hinauf, bis sie den obersten Punkt erreicht hatten. Hier lagen ein paar große Steine, die wirkten, als hätte ein Riese sie ziellos fallen lassen. Plötzlich konnte Christina sehen, womit Michel sie hatte überraschen wollen.

Am Rande des Lavendelfeldes erhob sich eine Ruine. Ob sie zu einem Kloster oder einem alten Schloss gehörte, war auf den ersten Blick nicht mehr zu erkennen, zu sehr waren die Mauern verfallen. Ein Türbogen war allerdings erhalten geblieben, außerdem ein paar Wände und Säulen.

Im Zusammenspiel mit dem Lavendel, der ringsherum

wucherte, den blassgelben Felsen, die sich in der Ferne erhoben, und dem blauen Himmel gab sie einen solch malerischen Anblick ab, dass Christina sich fragte, warum sie dieses Motiv nicht auf einer der Postkarten im Hotel entdeckt hatte.

»Na, was sagst du?«, fragte Michel, als er sich hinter sie stellte.

»Sie ist traumhaft schön. Was war das früher einmal?«

»Ein altes Schloss. Es befand sich einst im Besitz des Grafen, dem dieser Landstrich gehörte.«

»Vorfahren von den Thurnots?«

Michel schüttelte den Kopf. »Nein, dieses Grafengeschlecht ist schon vor mehreren Hundert Jahren ausgestorben. Das Schloss ist nach und nach verfallen, irgendwann werden auch diese Ruinen zu Staub zerfallen sein.«

»Sag das nicht! Die ägyptischen Pyramiden stehen schon seit Tausenden von Jahren.«

»Das stimmt, aber hier herrscht ein anderes Klima. Und niemand kümmert sich um den Erhalt dieser Mauern. Sie sind schon zu sehr zerstört.«

Im nächsten Augenblick spürte Christina Michels Hand an ihrer. »Möchtest du sehen, wo der alte Graf mit seiner Gräfin getanzt hat?«

»Natürlich!«, entgegnete sie und ließ sich dann durch den Türbogen ziehen. Dieser war ziemlich schmal, sodass sie nacheinander hindurchgehen mussten.

»Warum gehen wir nicht einfach drum herum?«, fragte Christina, während sie aufpasste, dass sie nicht stolperte.

»Weil das die Illusion zerstören würde«, entgegnete Michel. »Stell dir einfach vor, dass die Mauern noch stehen und du zum Ball geladen bist.«

»Aber als Gäste des Grafen wären wir doch sicher nicht durch so eine kleine Tür getreten!«

»Woher willst du das wissen?«

»Na, weil sie früher doch ziemlich weite Kleider hatten.«

»Nicht zu der Zeit, in der unser Graf lebte. Die Reifröcke kamen erst später, im Mittelalter haben die Frauen recht schmale Kleider getragen.«

»Und wenn die Gräfin dick war?«

»Dann ist sie in der Tür stecken geblieben und die Diener mussten hinten anschieben.«

Michel und Christina sahen sich einen Moment lang an, dann lachten sie gleichzeitig los.

Als sie sich wieder beruhigt hatten, streckte Michel die Hand nach ihr aus. »Wie wäre es mit einem kleinen Tanz?«

»Hier in der Ruine?«

»Na, beim Empfang des Grafen wurde getanzt!«

»Aber wir haben keine Musik!«

»Dann denken wir sie uns! Oder ich singe ganz einfach.« Tatsächlich begann Michel eine Melodie zu summen.

Hätte er das in Hamburg mitten auf der Straße getan, wäre Christina wohl vor Scham im Boden versunken. Aber hier war niemand, der sie beobachten konnte. Übermütig ließ sie sich darauf ein, und schon bald tanzten sie die Gavotte, als seien sie wirklich beim Empfang des alten Grafen.

Als Christina am Abend ins Hotel zurückkehrte, fühlte sie sich vollkommen durchflutet von Sonnenlicht, Frohsinn und Lavendelduft. Nie wieder würde sie glauben, dass Letzterer nur etwas für alte Frauen war!

Als sie an der Rezeption vorbeiging, fragte sie sich, ob jemand im Hotel den Lavendelduft an ihr riechen konnte. Der Mann hinter dem Empfangstresen blickte zwar kurz auf, doch er verzog keine Miene und richtete seinen Blick wieder auf den Computer vor sich, als Christina an ihm vorbei war.

Ihr Vater saß noch immer am Schreibtisch.

»Na, wie war deine Shoppingtour?«, fragte er, als Christina das Zimmer betrat.

»Sehr interessant«, entgegnete sie, bevor ihr bewusst wurde, dass sie keine Einkaufstüte bei sich hatte.

»Wirklich?« Ihr Vater zog die Augenbrauen hoch. »Du hast ja gar nichts mitgebracht.«

»Ich … ähm.« Was sollte sie bloß auf die Schnelle antworten?

»Ich habe mir ein paar Sachen angeschaut und anprobiert, aber es war dann doch nicht das Richtige.«

Als ihr Vater den Kopf ein wenig schief legte, fühlte sich Christina ertappt. Doch sie konnte jetzt nicht mehr zurück.

»Ich gehe morgen noch mal in ein paar Läden, da finde ich sicher was«, sagte sie schnell und wandte sich ab.

Der Blick ihres Vaters blieb noch eine Weile auf sie gerichtet und die Stille kam ihr merkwürdig vor.

»Hast du schon alles für das Treffen mit dem Reeder vorbereitet?«, fragte Christina schließlich, während sie sich aufs Bett schwang. Sie hoffe, dass sie ihn davon abbringen konnte, sie weiter nach dem »Einkaufsbummel« auszufragen.

»Ja, habe ich«, entgegnete ihr Vater, der den Blick inzwischen wieder auf seine Tastatur gerichtet hatte.

»Wo trefft ihr euch morgen?«

Auch ihre Mutter hatte ihrem Vater früher jedes Wort einzeln aus der Nase ziehen müssen. Christina konnte gut verstehen, dass sie das gehasst hatte. Aber in diesem Augenblick hatte sie so gute Laune, dass es sie nicht weiter kümmerte.

»Er hat mich zu einem Werftbesuch eingeladen«, tönte es halbherzig vom Schreibtisch her. Offenbar hatte er gerade einen wichtigen Abschnitt erreicht, der besondere Aufmerksamkeit erforderte. »Morgen treffen wir uns in aller Frühe.«

»Das ist doch toll«, entgegnete Christina und klang dabei genauso halbherzig.

Ihrem Vater schien das nicht aufzufallen, denn er machte nur »Mhm« und fuhr mit seiner Arbeit fort. Aber das störte Christina nicht, denn sie schwebte auf Wolke sieben. Nicht einmal der unmögliche Auftritt von Michels hochnäsiger Schwester konnte daran etwas ändern.

13

Am nächsten Morgen wartete eine dunkle Limousine vor dem Hoteleingang. Sie ähnelte aufs Haar dem Wagen, der Michel abgeholt hatte. Christina hätte sehr gern einen Blick auf den Reeder geworfen, doch dieser verbarg sich hinter den dunklen Scheiben.

»Bis später, amüsier dich gut in der Stadt!«, sagte Roland Sander und strebte dem Ausgang zu.

Christina blieb noch so lange in der Hotelhalle stehen, bis der Wagen weg war, dann lief sie nach draußen. Sie war ein bisschen früh dran. Dennoch wollte sie nicht aufs Zimmer zurück. Sie verließ das Hotelgelände und begab sich zum vereinbarten Treffpunkt. Nur wenige Augenblicke später bog Michel um die Ecke. Christina bemerkte sofort die Taschen an seinem Motorroller. Was er wohl da drin hatte?

»Sag bloß, du wartest hier schon lange«, sagte Michel, nachdem sie sich begrüßt hatten.

»Ein paar Minuten. Mein Vater wurde gerade von der Thurnot-Limousine abgeholt. Sie sah fast so aus wie der

Schlitten, mit dem du gemeinsam mit deinem Vater gefahren bist.«

Michel blickte sie überrascht an. Auf seinen Wangen begannen sich zwei rote Flecken abzuzeichnen.

»Das braucht dir doch nicht peinlich zu sein«, lachte Christina. »Ich würde mich freuen, wenn ich mal in so einer Limo fahren dürfte. Die Thurnots müssen wirklich gut zu ihren Angestellten sein.«

»Ja, das sind sie«, entgegnete Michel und wirkte wieder ein wenig entspannter.

Seltsam, dachte Christina. *Warum ist er immer, wenn das Gespräch auf seinen Vater kommt, so verlegen?*

Sie hielt es für besser, ein anderes Thema anzuschneiden, und deutete auf die Taschen an seinem Motorroller. »Was ist denn da drin?«

»Ein Picknick für uns beide«, antwortete Michel wie aus der Pistole geschossen. »Nachdem wir gestern beinahe den ganzen Tag, ohne etwas zu essen, rumgelaufen sind, wäre es doch gut, wenn unsere Mägen diesmal nicht wie ein Rudel hungriger Wölfe knurren müssen.«

»Das finde ich auch!«, entgegnete Christina fröhlich und schwang sich hinter ihn.

Der Ort, den Michel für das Picknick aussuchte, befand sich unweit der Schlossruine auf einer kleinen Anhöhe. Von hier aus konnte man die Felder überblicken und man sah auch das Thurnot-Anwesen.

Eine ganze Weile saßen sie einfach nur da und beobachteten die Wolken, die über die Lavendelfelder hinwegzogen.

»Was soll aus uns werden, wenn ich wieder nach Hause

muss?«, fragte Christina unvermittelt, nachdem sie kurz zu Michel hinübergeblickt hatte.

Ich sollte ihn zeichnen, kam es ihr in den Sinn. Sie wusste zwar nicht, ob sie ein Porträt von ihm gut hinbekommen würde, aber so würde sie wenigstens eine Erinnerung an ihn haben.

Michel wandte sich ihr zu und lächelte. »Willst du denn weiter mit mir in Kontakt bleiben?«

»Aber natürlich!«, erwiderte Christina. »Was meinst du denn, warum ich mir so sehr gewünscht habe, noch ein paar Tage hierbleiben zu dürfen!« Sie senkte die Lider und zupfte dann einen Grashalm ab. Michels Blick schien auf einmal auf ihrem Gesicht zu brennen. »Morgen ist aber leider schon der letzte Tag. Ich nehme an, dass mein Vater unseren Aufenthalt hier nicht verlängern wird. Bestimmt will er die Ergebnisse des heutigen Interviews gleich für seine Zeitung aufbereiten. Für mich heißt das, dass ich noch ein paar Tage in Köln schmoren muss, bis ich wieder nach Hause darf.«

»Und wenn du ihn fragst, ob er dir erlaubt, hierzubleiben und später nach Hause zu fliegen?«

Christina schüttelte den Kopf. »Darauf wird er sich nicht einlassen. Immerhin bin ich erst fünfzehn. Außerdem, was soll ich ihm für einen Grund nennen, warum ich hierbleiben will? Wenn ich ihm von dir erzähle, wird er sicher nicht einverstanden sein.«

Michel seufzte. Offenbar bekümmerte es ihn ebenfalls, dass sie nicht länger bleiben konnte.

»Dann müssen wir uns eben schreiben«, schlug Christina

vor. »Oder wir skypen, dann können wir uns sogar sehen! Du hast ja einen Computer, und in Köln kann ich bestimmt an den meines Vaters, wenn er in seinem Verlagshaus ist. Und zu Hause sowieso.«

Das schien Michel nicht so ganz zufriedenzustellen, aber er wusste, dass sie keine andere Wahl hatten. »Wir werden auf alle Fälle in Kontakt bleiben«, versprach er und erhob sich, um das Picknick zu holen.

Christina hatte mit Sandwiches gerechnet, doch was Michel auf der Decke ausbreitete, glich schon einem Festmahl. In einigen kleinen Plastikdosen befanden sich Salate und Würstchen, sogar in Öl eingelegtes Gemüse und Oliven waren mit dabei. Zudem frisches Brot und in Gläsern eingelegte Früchte. So etwas hätte sie von den Jungs zu Hause wohl nicht erwarten können. Und sie musste sich eingestehen, dass sie selbst wohl auch nur Kekse und Schokoriegel mitgenommen hätte.

»Das ist ja Wahnsinn!«, rief Christina aus.

»Die Köchin der Thurnots hat es mir zusammengepackt«, sagte Michel. »Sie ist eine ganz liebe Person und meinte, wenn ich mich schon mit einem Mädchen treffe, sollte ich ordentlich Eindruck schinden.«

Christina war immer noch sprachlos. »Könnte es sein, dass Monsieur Thurnot noch eine Hofmalerin braucht?«

»Hofmalerin?«

»Oder Hofschreiber. Wie sie früher die Könige hatten!«

Michel lachte auf. »Nein, ich glaube nicht.«

»Wirklich nicht?«, entgegnete Christina verschmitzt. »Ich könnte Kunst studieren und dann seine Familie porträtieren.

Oder ein paar schöne Landschaften für den Salon anfertigen. Wenn sich die Köchin auch um die Angestellten kümmert, muss es toll sein, bei euch zu arbeiten. Außerdem könnten wir uns dann jeden Tag sehen!«

Mit diesen Worten griff sie nach einer gefüllten Olive und steckte sie sich in den Mund. Eigentlich mochte Christina Oliven nicht, aber diese hier verzehrte sie gut gelaunt wie eine Praline.

Am Ende ihres Picknicks erhob sich Michel und reichte Christina die Hand. »Gehen wir ins Grafenschloss. Nach dem Rechten sehen.«

Dagegen hatte Christina nichts einzuwenden, denn nach dem ausgiebigen Mahl konnte sie ein bisschen Bewegung gut gebrauchen.

Mittlerweile hatte auch ihre Angst vor den Schlangen abgenommen und sie blickte jetzt nicht mehr so viel nach unten. Das hätte sie allerdings tun sollen, denn plötzlich rief Michel: »Schau mal dort!«

Christina zuckte zusammen. Tatsächlich schlängelte sich ein langer dunkler Körper durch das Gras. Mit einem lauten Schrei sprang sie rückwärts.

Michel lachte auf. »Aber das ist doch nur eine Ringelnatter. Sieh mal, die gelben Flecke am Kopf.«

Obwohl Christina wusste, dass Ringelnattern harmlos waren, blieb sie wie versteinert stehen und starrte auf das Tier, das unbeeindruckt weiterkroch.

»Komm, nimm meine Hand«, sagte Michel schließlich. »Ich lasse nicht zu, dass dich was beißt.«

Christina ergriff sie zögerlich, dann ließ sie sich von Michel durch die kleine Pforte ziehen.

Die anschließende Fachsimpelei, welcher Raum sich wohl an dieser oder jener Stelle befunden hatte, lenkte sie ein wenig von der Schlange ab. Schließlich fiel ihnen auf, dass sich dunkle Wolken am Horizont zusammenzogen.

»Wir sollten uns beeilen«, sagte Michel. »Nicht mehr lange und es gibt einen ordentlichen Schauer.«

»Wollen wir denn nicht lieber gleich hierbleiben?«, fragte Christina. Sie hatte noch keine Lust, wieder ins Hotel zurückzukehren. Dort würde ihr Vater, wenn er überhaupt schon von seinem Werftbesuch zurück war, ja doch wieder nur über seinem Laptop sitzen. Und sie würde sich langweilen und sich nach Michel sehnen.

Bevor Michel antworten konnte, begann auch schon der Donner zu grollen, und nur wenige Augenblicke später setzte der Regen ein. Ihnen blieb nichts weiter übrig, als unter den Torbogen zu fliehen; und weil dieser bei Weitem nicht genug Schutz für beide bot, umarmten sie sich kurzerhand und warteten so, bis der Regen vorbeizog. Michels Wärme ließ das Gefühl, das sie gestern bei ihrem innigen Kuss hatte, wieder aufflammen. Während sie sich hielten, blickten sie sich in die Augen und begannen dann, sich zu küssen. Diesmal waren ihre Küsse anders, inniger, fordernder.

Nach einer Weile ließen sie sich ins Stroh sinken. Als Michel seine Hand unter ihr Shirt gleiten ließ, stöhnte sie auf. Doch dann zog er die Hand wieder zurück.

»Entschuldige«, sagte er, worauf Christina ihn verwundert ansah. Was war los?

»Ich glaube, ich habe mich verliebt«, sagte er, während er ihre Schulter streichelte.

»Wirklich?« Christina war schwindelig. Zum Glück lag sie bereits, denn ihre Knie waren furchtbar weich.

»Ich bin mir sicher.« Er lächelte sie an und küsste sie auf die Nase.

»Das geht mir genauso«, entgegnete Christina und legte ihre Stirn an seine. »Ich frage mich nur, wie wir das machen sollen. Immerhin wohnst du hier und ich in Deutschland.«

»Zunächst sollten wir die Zeit, die wir haben, genießen. Dann sehen wir weiter. Du hast deinen Vater dazu bringen können, hier abzusteigen. Vielleicht erlaubt er es dir, mich zu besuchen. Oder ich komme zu dir.«

Das klang himmlisch, aber Christina wusste, dass es nicht ohne Schwierigkeiten abgehen würde. Nicht nur wegen ihres Vaters und ihrer Mutter und der Entfernung, die zwischen ihnen lag. Aber vielleicht hatte Michel recht, sie sollten die Zeit, die sie hatten, genießen. Alles andere würde sich zeigen.

14

Als Christina am Abend ins Hotel zurückkehrte, fand sie ihren Vater mit einem seligen Lächeln am Schreibtisch.

»Da bist du ja!«, begrüßte er sie ungeduldig, was während der gesamten Reise noch nicht vorgekommen war. »Komm, setz dich, wir haben was zu feiern.«

Christina, die von dem Kuss und dem schönen Nachmittag noch immer wie auf Wolken schwebte, blickte ihren Vater verwundert an. Nun bemerkte sie auch, dass ein Servierwagen im Zimmer stand. Darauf standen neben einer üppigen Obstschale und einem Abendbrotbuffet auch eine Flasche Orangensaft für sie und ein Sektkühler, in dem sich eine Piccoloflasche für ihren Vater befand.

Zunächst konnte Christina sich keinen Reim darauf machen, doch dann fiel ihr wieder ein, dass heute das Interview mit Monsieur Thurnot stattgefunden hatte.

»Der Artikel wird ein Knaller!«, tönte er und reichte ihr ein Glas Orangensaft. »Monsieur Thurnot hat mir das wohl intimste Interview in der Geschichte seiner Reederei gegeben.«

»Intim?«, wunderte sich Christina. Mit diesem Wort hatte sie bisher immer Dinge verbunden, die man nicht in der Zeitung ausposaunte.

»Ja, er plauderte über seine Familie und über sich selbst. Er hat übrigens eine Tochter und einen Sohn, der eines Tages sein Imperium übernehmen wird. Ich hätte die beiden gern mal gesehen, weil man doch sagt, dass Kinder, die mit goldenem Löffel im Mund aufwachsen, etwas verschroben sind. Aber die beiden waren nicht da.«

Christina ließ sich auf dem Sofa nieder, völlig übermannt von dem Wortschwall, der sich über sie ergoss. Im Grunde interessierten sie die Thurnots nicht. Viel lieber hätte sie still vor sich hin geträumt und versucht, sich das Gefühl von Michels Kuss ins Gedächtnis zurückzurufen.

Aber jetzt blieb ihr nichts weiter übrig, als zu »feiern«. Sie pflückte sich ein paar Weintrauben ab und lauschte der Geschichte ihres Vaters. Sie erfuhr von der Limousine, dem prächtigen Herrenhaus und den Lavendelfeldern ringsherum.

Wenn du wüsstest, dass ich dort gewesen bin, dachte sie und verkniff sich ein Lächeln. *Ganz in der Nähe habe ich Michel geküsst.* Wieder meinte sie Michels Arme um ihren Körper zu spüren und plötzlich kehrte auch das Gefühl zurück, das seine Lippen auf den ihren in ihr ausgelöst hatten …

»Ich weiß, wir haben uns in der vergangenen Zeit nicht besonders nahegestanden«, begann Christinas Vater schließlich und riss sie schlagartig aus ihrem Tagtraum.

Christina fühlte Ärger in sich aufsteigen. Warum musste er gerade jetzt damit anfangen?

»Aber vielleicht können wir diese Reise ja als kleinen Neuanfang sehen.«

Neuanfang – wozu?, ging es Christina durch den Kopf. *Du kümmerst dich dann ja doch wieder nur um dich.*

»Ich würde mich sehr freuen, wenn du mich von nun an öfter besuchen könntest«, fuhr er fort, als sie nicht antwortete. »Ich weiß, du warst damals sehr wütend auf mich, und ich habe auch gespürt, dass du dich nicht gerade darum gerissen hast, mit mir nach Frankreich zu fahren. Aber letztlich war die Reise doch ganz gut, oder?«

Christina nickte. Wäre sie nicht mit ihrem Vater gereist, hätte sie Michel nie kennengelernt. Das konnte man immerhin auf dem Pluskonto verbuchen.

»Also, was meinst du? Machen wir nächsten Sommer wieder eine gemeinsame Reise?«

»Mal sehen«, entgegnete Christina. »Immerhin ist diese Reise ja noch nicht vorbei, oder?«

»Nein, das ist sie nicht. Und ich habe sogar beschlossen, noch drei Tage hierzubleiben. Bei solch einem Artikel wird man nicht böse sein, wenn ich ihn ein paar Tage später abliefere.«

Weitere zwei Tage! Christina konnte ihr Glück nicht fassen. Sie hatte sich darauf eingestellt gehabt, morgen von Michel Abschied zu nehmen. Sie musste ihm sofort von der Verlängerung erzählen. Augenblicklich schnellte sie in die Höhe.

»Was ist los?«, fragte Roland Sander erstaunt.

»Mir ist gerade eingefallen, dass ich noch mal in die Hotelhalle muss«, schwindelte Christina. »Ich habe dort einen Prospekt gesehen, den ich Mama gern mitbringen möchte.«

Ob diese Ausrede gut war, wusste sie nicht, aber ihr Vater schien sie zu schlucken.

Mit pochendem Herzen stürmte sie aus dem Zimmer und rannte an staunenden Hotelgästen vorbei die Treppe hinunter.

»Christina!«, schreckte sie die Stimme ihres Vaters am nächsten Morgen aus dem Schlaf. So ärgerlich, wie sie klang, musste irgendetwas Unangenehmes vorgefallen sein.

Murrend rappelte sich Christina auf und rieb sich den Schlaf aus den Augen. Gerade noch hatte sie einen herrlichen Traum von blauen Lavendelfeldern gehabt. Und sich auf das Treffen mit Michel gefreut. Und nun brach ihr Vater über sie herein wie ein Wirbelsturm.

»Was ist denn?«, fragte sie, und bevor sie richtig begriff, was los war, klatschte ihr Vater eine Zeitung auf ihre Bettdecke und fuhr sie an: »Hast du eine Erklärung dafür?«

Christina hatte keine Ahnung, was er meinte. Und warum er sie ansah, als wollte er ihr gleich den Kopf abreißen.

Gähnend nahm sie die Zeitung – und erstarrte, als sie das Bild auf dem Titelblatt sah. Es zeigte sie und Michel in der Ruine, auf dem Boden, während sie sich küssten und er seine Hand unter ihr Shirt schob. Woher hatte der Fotograf dieses Bild?

»Das war wohl der wahre Grund, dass du länger hierbleiben wolltest!«, fauchte ihr Vater.

Christina war von dem Bild dermaßen überrumpelt, dass sie nichts dazu sagen konnte. Ihre wenigen Französischkenntnisse reichten immerhin aus, um die Schlagzeile zu entziffern.

»Ist dieses Mädchen die große Liebe des Thurnot-Erben?«

Wie kamen diese Zeitungsleute nur darauf?

»Das muss ein Missverständnis sein. Michel ist …«

»Er ist der Sohn von Jean Thurnot!«, blaffte ihr Vater sie an. »Hast du das etwa nicht gewusst?«

Christina schüttelte den Kopf. Nein, das hatte sie nicht. Sie hatte Michel für den Sohn des Verwalters gehalten. Und sie hatte geglaubt, dass sie nur deshalb mit der Limousine vom Hafen abgeholt worden waren, weil Monsieur Thurnot seinen Vater so schnell wie möglich in seinem Haus sehen wollte.

»So ein Mistkerl!«, brummte ihr Vater.

»Rede nicht so über ihn!«, fuhr Christina ihn daraufhin an. Er hatte kein Recht, so etwas zu sagen. Außerdem war es ihre Sache, sie musste das mit Michel klären.

»Nein? Wie soll ich denn sonst über ihn reden?«, fragte Roland Sander gereizt. »Soll ich es toll finden, dass er sich an meine Tochter heranmacht, ihr nicht sagt, wer er ist, und sich dann noch ganz dreist von irgendwelchen Leuten ablichten lässt?«

»Er hat sich nicht ablichten lassen.«

»So, und was ist das? Woher kommt dann das Bild? Weißt du, ob der Bengel dich nicht einfach nur benutzt hat, um seinem Vater eins auszuwischen? Ich kann mir schon denken, dass so einer wie der scharf darauf ist, in der Presse zu erscheinen, wo seine Familie ihn ständig in einen goldenen Turm sperrt.«

Roland Sander hielt kurz inne, um tief Luft zu holen. Dann ließ er die Bombe platzen. »Ich verbiete dir, dich weiter mit ihm abzugeben! Es ist schon schlimm genug, und ich will nicht, dass er dich noch weiter in diesen Sumpf hineinzieht. Wir können froh sein, dass diese Typen von der Zeitung noch nicht hier sind.«

Christina nahm die letzte Bemerkung ihres Vaters gar nicht mehr wahr. In ihrem Kopf hallte nur noch das von ihm ausgesprochene Verbot dröhnend nach. Michel nie mehr wiedersehen! Das durfte einfach nicht wahr sein. Ihr Vater mischte sich in ihr Liebesleben ein – wo er absolut nichts zu suchen hatte!

Christina fühlte eine unbändige Wut in sich aufsteigen. »Du hast kein Recht, mir zu verbieten, mich zu verlieben!«, schrie sie ihren Vater an. »Immerhin bist du damals auch mit dieser Frau losgezogen, in die du dich angeblich verliebt hast, und hast Mama und mich im Stich gelassen! Und jetzt kehrst du den Super-Daddy raus, der seine Tochter vor den anderen beschützen will! Wenn es nach mir gegangen wäre, wäre ich nicht mit dir mitgekommen. Und jetzt, wo diese bescheuerte Reise angefangen hat, ein bisschen schön zu werden, schnauzt du mich an, nur weil ich mal mit 'nem Jungen knutsche!«

Noch bevor sie zu Ende gesprochen hatte, wusste Christina, dass sie zu weit gegangen war. Aber die Worte waren heraus, endlich! All das hatte sie ihrem Vater schon lange sagen wollen.

Roland Sander wurde auf einmal kreidebleich und schien nicht zu wissen, was er darauf erwidern sollte.

Richtig so!, dachte Christina in ihrem Zorn, ohne zunächst an die Konsequenzen zu denken.

Ihr Vater brauchte noch eine ganze Weile, bis er sich von ihrem Wutausbruch wieder erholt hatte.

»Wir reisen noch heute ab«, sagte er dann so ruhig wie möglich, aber Christina konnte hören, dass der Zorn in ihm brodelte. »Pack deine Sachen zusammen, ich rufe das Taxi.«

Damit verließ er das Zimmer. Christina starrte noch eine Weile auf das Bild und die Schlagzeile. Den Text darunter tat sie sich nicht an. Ihr Französisch würde ohnehin nicht ausreichen, um alles zu verstehen.

Jetzt wurde ihr alles klar. Michel hatte bei Fragen nach seiner Familie nur deshalb verlegen gewirkt, weil er nicht zugeben wollte, ein Thurnot zu sein. Als wenn das wichtig gewesen wäre!

Schließlich erhob sie sich von ihrem Bett.

Noch immer konnte sie nicht so recht begreifen, was geschehen war. Warum hatte Michel ihr seinen richtigen Nachnamen verheimlicht? Und wer hatte dieses Foto gemacht?

Ihre Gedanken waren zu wirr, als dass sie eine Antwort auf diese Fragen finden konnte. Und das Schlimmste von allem war: Sie würde Michel nie mehr wiedersehen!

Sicher, ob sie ihn nach ihrem Aufenthalt hier wiedergesehen hätte, war ohnehin fraglich gewesen. Zwischen ihren beiden Wohnorten existierte eine beträchtliche Entfernung. Aber der Aufenthalt hier hätte von einem schöneren Abschluss gekrönt sein sollen als diesem.

Als Christina aus dem Bad trat und sich umziehen wollte, kam ihr Vater ins Zimmer gerauscht. Mittlerweile hatte sich seine Blässe gegeben und war einem dunklen Rotton gewichen.

Christina rechnete damit, dass er die Standpauke, die sie schon vorher von ihm erwartet hatte, jetzt nachholen würde, aber er sagte nichts. Wutschnaubend griff er nach seiner Reisetasche und räumte seine Sachen ein.

Christina hielt es für besser, das ebenfalls zu tun. Ändern konnte sie an der Situation nichts mehr. Eigentlich müssten mir die Tränen kommen, dachte sie, als sie ihre Sachen unordentlich in die Tasche räumte. Warum kommen mir bloß keine? Ist das der Schock?

Als sie fertig war und aufblickte, stand ihr Vater bereits an der Tür. Offenbar sollte sie von selbst erkennen, dass es Zeit zum Aufbruch war. Schnaufend schulterte sie ihre Tasche. *Was Mama wohl denken wird,* ging es ihr durch den Sinn. *Sicher wird er ihr die Geschichte mit Michel brühwarm berichten. Einschließlich meiner Frechheit. Wenn er auch sonst nicht viel mit ihr redet, das wird er tun. Um mir eins auszuwischen.*

Schweigend verließen sie das Zimmer und schritten den Gang entlang. Während Roland Sander seinen Blick starr geradeaus gerichtet hielt, senkte Christina ihren Kopf. Was sollte sie nun tun? Auch wenn sie sauer auf Michel war, hätte sie sich doch von ihm verabschieden wollen. Oder ihm zumindest an den Kopf werfen, wie sehr sie sein Verschweigen verletzt hatte. Mehr noch als dieses Foto!

In der Hotellobby hatte Christina plötzlich den Eindruck, als würden alle sie anstarren. Als sie sich umsah, blickten die Hotelgäste entweder rasch angestrengt auf ihre Zeitungen (die wahrscheinlich auf der Seite mit ihrem Bild aufgeschlagen waren) oder sie setzten ihre Unterhaltung fort. Doch wenn sie wegschaute, war es ihr, als würden die Blicke sie wie

Messer oder Pfeile treffen. Ob ihr Vater das ebenfalls mitbekam, wusste sie nicht, aber er machte keine Anstalten, sie zu beschützen. Wahrscheinlich war er der Überzeugung, dass sie die Suppe, die sie sich eingebrockt hatte, auch selbst auslöffeln musste.

Ohne ein Wort zu sagen, ließ er sie mit dem Gepäck stehen und ging zur Rezeption. Christina blickte ihm trotzig nach, dann sah sie zu den Fenstern hinaus auf das Rondell. Limousinen kamen an und fuhren los. Von dem Taxi, das ihr Vater bestellen wollte, war noch nichts zu sehen.

Dafür erblickte sie etwas anderes. Ein Motorroller kam die Auffahrt herauf. Michel!

Sogleich stürmte Christina los. Die Blicke, die ihr aus der Hotelhalle folgten, waren ihr in diesem Augenblick gleichgültig. Sie wartete nicht ab, bis er zum Stehen kam, sondern rannte ihm gleich entgegen.

»Christina«, rief er, als er den Motor abgestellt hatte, und klappte das Visier hoch. Auch er war kreidebleich. »Du hast es bestimmt schon gelesen.«

Christina verschränkte die Arme vor der Brust. Trotz aller Gefühle, die sie für ihn hatte, kam auf einmal eine Stinkwut auf ihn in ihr hoch. »Und ob ich das habe!«

»Ich bin sicher, dass es Carole war«, entgegnete er. »Sie wollte mir eins auswischen, weil ich sie neulich fortgeschickt habe. Mein Vater ist explodiert! Aber ich werde nicht zulassen, dass das kleine Biest alles kaputt macht.«

Michel wollte sie in seine Arme ziehen, doch sie wich ihm aus und blickte ihn anklagend an.

»Warum hast du mir nicht gesagt, wer du wirklich bist?«

Offenbar hatte er gerade diese Frage nicht als Erstes erwartet. Schuldbewusst senkte er den Kopf. »Ich …«

»Hast wohl geglaubt, ich würde dir sonst an deine Millionen wollen, was?«, fauchte Christina, obwohl sie sich von ihm am liebsten umarmen lassen hätte. Aber unter diesen Umständen war es doch verständlich, dass sie sauer war.

»Christina …«

»Du hast mir misstraut!«, schnitt sie ihm das Wort ab. »Wahrscheinlich dachtest du, ich würde sowieso wieder abreisen und dein kleines Theater nicht durchschauen. Dass ich echte Gefühle für dich haben könnte, kam dir wohl nicht in den Sinn, wie?«

»Christina!«, polterte hinter ihr die Stimme ihres Vaters, bevor der Junge etwas entgegnen konnte.

»Ich muss gehen«, sagte sie daraufhin zu Michel. »Mein Vater will sofort abreisen. Vermutlich werden wir uns nie wiedersehen und dein Vater kann sich abregen und dir eine Prinzessin suchen, die besser zu dir passt. Leb wohl!« Tränen standen ihr bei diesen Worten in den Augen, doch sie wollte sie sich nicht anmerken lassen. Sie wandte sich um und ging steif zu dem wartenden Taxi.

Christina blickte ihren Vater nicht an, sondern stieg gleich ein. Sie hatte keine andere Wahl, als sich auf den Rücksitz zu schwingen. Kaum war die Tür zu, brauste das Taxi auch schon los.

Kurz überkam Christina das Verlangen, sich nach Michel umzudrehen. Wahrscheinlich stand er noch da und blickte ihr nach. Aber das konnte sie nicht mehr sehen, denn letztlich ließ sie ihren Tränen freien Lauf.

Vom Weg zum Flughafen bekam Christina nichts mehr mit. Ihre Augen waren von Tränen verschleiert, und es überraschte sie, als der Wagen plötzlich haltmachte. Der Fahrer sagte etwas auf Französisch und ihr Vater bezahlte.

Mechanisch stieg Christina aus dem Wagen und blickte zum Flughafengebäude. Die Sonne schob sich gerade durch die Wolken, als wollte sie sie auslachen.

Warum hat es so kommen müssen?, fragte sie sich, und nur zu gern hätte sie gewusst, wer der Paparazzo war, der sie abgelichtet und das Bild an die Zeitung verkauft hatte. Vielleicht wirklich Michels hochmütige Schwester?

Ach, hätte sie doch nur durchschaut, was er mit ihr gespielt hatte. Die Limousine, das Picknick, die Nähe des Feldes zum Thurnot-Haus … Aber jetzt war alles zu spät. Ihr Vater kochte vor Wut. Er würde alles ihrer Mutter erzählen, und sie würde sich wünschen, statt nach Südfrankreich in ein Ferienlager gefahren zu sein, voller nervender, pickliger Jungs, in die man sich unmöglich verlieben konnte.

»Es sind noch drei Tage, bis deine Mutter wiederkommt«, sagte Roland Sander kühl, nachdem sie die Flughafenhalle betreten hatten. »Du kannst entscheiden, ob du bei mir bleiben oder gleich nach Hause willst. Deine Mutter wird sich zwar wundern, aber das soll mir egal sein.«

Das war dir doch schon immer alles, dachte Christina, während sie aus dem Fenster blickte. *Die ganze Sache mit der Reise, das war doch nur deshalb, weil Mama dir ein schlechtes Gewissen eingeredet hat. Die Frau, wegen der du uns verlassen hast, war dir ja auch wichtiger als deine eigentliche Familie.*

»Ich habe schon eine Zugfahrkarte nach Hamburg«, entgegnete sie schniefend. »Die gilt aber erst in drei Tagen.«

»Gut, dann kommst du mit zu mir.« Damit wandte er sich an die Frau am Schalter, die sie die ganze Zeit über beobachtet hatte.

Christina konnte den unglücklichen Ton in seiner Stimme nicht überhören. Sicher lagen die schlimmsten drei Tage ihres Lebens vor ihr. Aber das schmerzte sie nicht so sehr wie die Tatsache, dass sie Michel wirklich nie mehr wiedersehen würde.

15

Nachdem Köln sie bereits mit Regenwetter empfangen hatte, blieb es auch an den darauffolgenden Tagen grau und regnerisch. Christina saß am Fenster und blickte hinaus auf das breite Band des Rheins und die dunklen, trüben Wassermassen, die er mit sich führte.

Neben ihr lagen ihre Zeichenutensilien, aber mehr als eine flüchtige und ihrer Meinung nach ziemlich schlechte Skizze von Michels Gesicht hatte sie nicht hinbekommen. Und immer, wenn sie sich wieder an die Arbeit machen wollte, wurde ihr Herz so schwer, dass sie nicht fortfahren konnte.

Sie hatte gehofft, dass Michel ihr eine kurze Nachricht schicken würde, doch das Handy war stumm geblieben. Schließlich hatte sie es aufgegeben, alle paar Minuten nachzuschauen. Konnte es sein, dass er sie schon wieder vergessen hatte? Oder hatte sein Vater das Handy einkassiert?

Inzwischen hatte sie hier in Köln bereits zwei Tage abgesessen. Morgen würde es wieder nach Hause gehen! Endlich, denn allmählich hatte sie das Gefühl, verrückt zu werden.

In den ersten Stunden nach ihrer Ankunft hatte sie fast nur geheult. Ihr Vater beschloss plötzlich, sie tagsüber in seinem Schlafzimmer einzuquartieren. Wahrscheinlich wollte er das Häufchen Elend, das sie darstellte, aus den Augen haben, da er befürchtete, sonst nicht arbeiten zu können. Zumindest vermittelte er ihr auf diese Art das Gefühl, ein Störenfried in seiner Wohnung zu sein.

Bin ich ja auch, sagte sie sich und suhlte sich im Selbstmitleid.

Während der Mahlzeiten wechselten sie nur die nötigsten Worte miteinander und auch die übrige Zeit schwiegen sie sich an. Kraftlos schleppte sich Christina zwischen Schlafzimmer, Küche und Bad hin und her. Sogar das Essen war ihr manchmal zu viel.

Wenn sie abends zusammengerollt auf dem Bett lag, hoffte sie, dass ihr Vater auftauchen und sie fragen würde, wie es ihr ging. Doch das tat er nicht. Einmal, als sie bereits das Licht abgedreht und die Augen geschlossen hatte, meinte sie zwar, gehört zu haben, wie jemand leise die Tür öffnete, doch als sie die Augen aufschlug, war diese geschlossen. Es war wohl nur eine Einbildung gewesen.

Morgens wurde sie stets vom Rauschen des Wassers im Badezimmer geweckt. Wenn sie das Zimmer verließ, saß ihr Vater schon am Schreibtisch und arbeitete. Ihm schien es offenbar völlig egal zu sein, wie es ihr ging.

Sicher, sie war frech gewesen, aber war es denn so falsch, was sie gesagt hatte? Wurde eine Wahrheit unwahr, wenn das Gegenüber sie nicht hören wollte?

Plötzlich klingelte es an der Tür. Das Läuten vertrieb

Christinas trübe Gedanken für einen kurzen Moment. Sie hatte eigentlich nicht vor aufzumachen, doch da der ungebetene Besucher nicht lockerließ, stand sie vom Fenster auf.

Es kam ihr in den Sinn, dass es vielleicht ihr Vater war, der irgendetwas holen wollte und seine Schlüssel in der Redaktion vergessen hatte. Als sie die Tür öffnete, war der Mann in der braunen Lieferantenuniform schon dabei, einen Zettel auszufüllen, der die Bewohner über eine verpasste Lieferung informieren sollte.

»Ah, da ist ja doch wer!«, sagte er mit einem breiten Lächeln und zog den großen braunen Briefumschlag, den er unter den Arm geklemmt hatte, hervor. »Ich dachte schon, ich müsste 'ne Nachricht hinterlassen.«

»Ich hatte geschlafen und Sie nicht gehört«, behauptete Christina. »Das ist sicher für meinen Vater, stimmt's?«

»Wenn dein Vater Christina Sander heißt, dann schon«, schmunzelte der Briefbote. »Aber ich nehme mal an, dass du das bist – oder vielleicht deine Mutter?«

Ein Brief für mich?, wunderte sich Christina. *Woher mag der kommen? Noch dazu per UPS? Ist der von Mama?*

Bevor sie auf den Absender schauen konnte, hielt der Kurier ihr sein Tablet unter die Nase, auf dem sie unterschreiben musste. Anschließend händigte er ihr den Umschlag aus.

Es war nicht nur ein Brief. So wie sich der Umschlag anfühlte, musste auch noch etwas anderes darin stecken. Eine Schachtel vielleicht?

»Viel Spaß damit«, sagte der Kurier, als wüsste er bereits, was sich darin befand, und wandte sich zum Gehen um.

»Danke!«, rief Christina ihm hinterher. Dann drehte sie

den Brief herum. Ein Absender war nicht darauf zu finden, lediglich der Vermerk für den Empfänger, dass der Brief an die Adressatin weitergeschickt werden sollte, wenn sie nicht mehr da sei.

Das war alles recht merkwürdig und ließ in Christina einen Verdacht aufkommen. Nein, das konnte nicht sein …

Während ihr Puls in die Höhe schnellte und ihre Wangen zu glühen begannen, begann sie krampfhaft nach etwas zu suchen, mit dem sie den Umschlag öffnen konnte.

In der Küche schnappte sie sich schließlich ein Obstmesser und schnitt ihn auf. Wenig später blitzten ihr zwei Bogen lavendelfarbenes Papier entgegen. Christina hielt kurz den Atem an, dann zog sie diese hervor.

Die Schrift war keineswegs die von ihrer Mutter. Aber wenn sie ehrlich war, erwartete sie das auch gar nicht. Während sie den Umschlag mit dem harten Gegenstand in ihrer linken Hand behielt, las sie:

Liebe Christina,

ich weiß, du bist stinksauer auf mich, aber ich hoffe, der Brief erreicht dich, bevor du aus Köln abgereist bist. Oder dass dein Vater ihn trotz allem, was vorgefallen ist, weitersendet. Leider habe ich die Adresse deiner Mutter nicht, und die deines Vaters habe ich auch nur herausbekommen, weil ich auf dem Schreibtisch meines Vaters eine Visitenkarte von ihm gefunden habe.
Ich hätte dir gern noch alles persönlich erklärt, aber du bist ja schnellstens abgereist. Vielleicht landet der Brief, nachdem du diese ersten Sätze gelesen hast, jetzt im Schredder oder in der

Mülltonne – falls du ihn überhaupt aufgemacht hast. Doch wenn du ihn nun noch immer in Händen hältst, fahr bitte fort und lies, was ich zu sagen habe.
Du hast mir von den Problemen mit deinem Vater erzählt, aber es ist auch nicht immer leicht, der Sohn meines Vaters zu sein. Ich habe nicht gelogen, als ich sagte, dass ich Biologe werden möchte. Aber da ich von unseren Geschwistern der Älteste bin, möchte mein Vater, dass ich die Reederei übernehme.
Du fragst dich jetzt sicher, warum ich dir das erzähle. Nun, mein Vater hat vor, mich nach Amerika zu schicken, damit ich dort auf die Highschool und aufs College gehe. Die Richtung meines Studiums hat er mir vorgegeben: Schiffsbau und Wirtschaft, damit ich unsere glorreiche Linie von Reedern fortsetze. Aber dazu habe ich keine Lust. Ich würde lieber nach Deutschland gehen, um bei dir zu sein. Denn es war auch nicht gelogen, als ich dir gesagt habe, dass ich in dich verliebt bin. Gut, bei meiner Herkunft habe ich geflunkert, aber aus gutem Grund. Die meisten Mädchen, die ich bisher kennengelernt hatte, mochten mich nur, weil ich der Sohn eines reichen Mannes war. Du kannst dir nicht vorstellen, was für oberflächliche Schnepfen mich schon belagert haben! Dabei wollte ich einfach nur ein Mädchen, das mich wirklich mag und umgekehrt. Bei dir war, nein, bin ich mir sicher, dass du diejenige sein kannst.
Allerdings wirst du wohl recht haben, was das Wiedersehen betrifft. Ich werde in zwei Tagen nach New York zu meinem Onkel fliegen. Und da wohl bis Weihnachten bleiben. Mein Vater glaubt, dass ich dort schon auf andere Gedanken kommen werde. Ich glaube das nicht, vielmehr werde ich ständig an dich denken müssen, wie ich es auch jetzt schon tue.

Damit du mich nicht ganz vergisst (und mir vielleicht irgendwann verzeihst), habe ich dir ein kleines Geschenk beigelegt. Es ist nichts Teures, denn ich weiß, dass du teure Dinge nicht magst. Dafür ist es aber etwas, das von Herzen kommt.

In Liebe, Michel

Christina ließ den Brief wieder sinken. Was sie dazu sagen sollte, wusste sie nicht, aber sie spürte, dass ihr Herz wieder genauso zu pochen begann wie damals, als sie einander zum ersten Mal begegnet waren.

Sie konnte verstehen, dass Michel um seiner selbst willen geliebt werden wollte. Aber das hatte sie ja getan! Warum hatte er das nicht gemerkt?

Etwas anderes kam ihr plötzlich in den Sinn. Etwas, das sie in Aufruhr versetzte. Nur noch zwei Tage war Michel in Frankreich!

Zunächst verfiel sie auf den Gedanken, ihm eine kurze Nachricht über WhatsApp zu schreiben, doch das reichte ihr nicht. Ein Brief war persönlicher, dauerte aber zu lange.

Am liebsten wäre es ihr freilich gewesen, mit Michel direkt zu sprechen. Was sie ihm mitzuteilen hatte, war so wichtig, dass sie ihm dabei in die Augen sehen wollte, anstatt die Worte aufzuschreiben.

Plötzlich kam ihr eine Idee. Eine vollkommen verrückte Idee, gewiss, aber stand es jemandem, der verliebt war, nicht zu, verrückte Dinge zu tun?

Sie musste zu ihm! Sie würde nach Arles fliegen!

Ihr Vater würde wahrscheinlich die Wände hochgehen,

wenn er dahinterkam. Aber nach der Szene, die er ihr im Hotelzimmer gemacht hatte, geschah ihm das ganz recht!

Ohne weiter zu überlegen, rannte Christina ins Schlafzimmer und begann ihre Sachen in die Reisetasche zu stopfen. Den Reisepass hatte sie ohnehin dabei. Blieb nur noch ein Problem: Woher nahm sie das Geld für das Ticket? Entmutigt ließ sie sich auf das Bett sinken. Ratlosigkeit machte sich in ihr breit. Sollte ihr großer Plan am Geld scheitern?

Ihr Sparkonto fiel ihr ein, doch davon konnte sie keine größere Summe abheben, ohne dass ihre Mutter ihr Einverständnis gab.

Aber vielleicht hatte ihr Vater ja noch etwas Geld im Haus … Augenblicklich schnellte sie vom Bett hoch und lief ins Arbeitszimmer.

Seine Brieftasche hatte Roland Sander mitgenommen, aber früher, als er noch bei ihnen gelebt hatte, hatte er auch immer eine Notreserve im Haus gehabt.

Christina hockte sich vor den Schreibtisch. Sie musste wohl oder übel ein wenig in seinen Sachen wühlen, wenn sie Geld finden wollte. Sofort überkam sie ein schlechtes Gewissen. Das würde großen Ärger geben.

Aber ich will Michel doch nur noch ein Mal wiedersehen, sagte sie sich. *Nur ein Mal noch möchte ich ihn küssen. Auch wenn mein Vater mir dann den Kopf abreißt und ich lebenslangen Hausarrest bekomme oder was für eine Strafe auch immer.*

Nach und nach zog sie die Schubladen auf und lauschte in Richtung Tür für den Fall, dass ihr Vater früher als erwartet zurückkehrte.

Was mag so ein Billigflug kosten?, ging es ihr durch den

Sinn, während sie sich durch Zettel, Kontoauszüge und Hefter wühlte.

In der untersten Schublade fand sie schließlich die alte Zigarrenschachtel, in der Roland Sander auch schon früher immer seine Notreserve aufbewahrt hatte.

Kurz hatte sie wieder vor Augen, wie ihr Vater ihr damals hin und wieder Geld zugesteckt hatte und wie er ihr erklärte, dass diese Schachtel einst ihrem Großvater gehört hatte, der ganz versessen darauf gewesen war, diese Zigarrenmarke zu rauchen.

Mit zitternden Händen hob sie den Deckel hoch. Tatsächlich lagen ein Bündel Geldscheine und zahlreiche Münzen darin. Christina zählte alles zusammen. Die Summe, auf die sie kam, belief sich auf einhundertsiebenundsiebzig Euro und zweiundzwanzig Cent. Das musste doch reichen? Immerhin warben manche Anbieter von Billigflügen damit, dass ihre Flüge lediglich 19 Euro kosteten!

Plötzlich vernahm sie hinter sich ein Geräusch. Es klang wie das Rasseln eines Schlüsselbundes! Augenblicklich fuhr Christina hoch. Ihre Hände zitterten. *Wenn er mich mit dem Geld sieht, wird er mich auf der Stelle rausschmeißen,* dachte sie. Dann allerdings hörte sie, wie eine entfernte Tür geöffnet wurde – die Tür der Nachbarwohnung!

Christina merkte erst jetzt, dass sie die Luft angehalten hatte. Ihr Herz pochte wild. *Ich muss sehen, dass ich zum Flughafen komme,* dachte sie, während sie rasch die Scheine und Münzen in ihre Hosentaschen schob.

Nachdem sie die Schachtel wieder an ihren Platz gestellt hatte, schnappte sie sich einen Zettel und kritzelte eine

Nachricht für ihren Vater darauf. Eigentlich hatte er so viel Aufwand ihrer Meinung nach nicht verdient, aber Christina wollte nicht, dass er ihre Mutter in Angst und Schrecken versetzte.

Als sie fertig war, schnappte sie ihr Handy und den Umschlag, in den sie Michels Brief zurückgeschoben hatte. Das Geschenk würde sie sich im Flugzeug ansehen …

16

Auf dem Flughafen Köln-Bonn herrschte hektische Betriebsamkeit. Und was noch schlimmer war: Christina hatte nicht die leiseste Ahnung, ob es einen passenden Flug geben würde. Hatte Arles überhaupt einen Flughafen oder waren sie vor zwei Tagen mit dem Taxi zum Flughafen einer anderen Stadt gefahren? Sie hatte nicht darauf geachtet. Aber hätte sie denn zu diesem Zeitpunkt ahnen können, dass sie solch eine Aktion planen würde?

Christina machte sich auf die Suche nach einem Schalter, der Flugtickets verkaufte, und stellte sich an einem an, wo nur wenige Menschen davorstanden.

Als Christina an die Reihe kam, teilte sie der Frau am Schalter mit, dass sie so rasch wie möglich ein Ticket für einen Flug nach Arles brauchte.

»Tut mir leid, Mädchen, da bist du hier an der falschen Stelle. Geh doch einfach rüber zum Schalter der Air France, dort wird man dir weiterhelfen können.«

Erleichtert darüber, dass die Frau ihr Anliegen nicht im

Geringsten verdächtig zu finden schien, bedankte sich Christina und eilte zu dem anderen Schalter. Hier erwartete sie eine lange Schlange.

Wann würde ihr Vater wohl nach Hause zurückkehren? Würde er den Zettel finden? Sie hatte ihn ins Schlafzimmer gelegt. Da sie in den vergangenen Tagen ohnehin sehr still gewesen war und er nur sehr selten nach ihr geschaut hatte, würde er vielleicht glauben, dass sie weiter vor sich hin schmollte. Bei der Vorstellung seines Gesichtsausdrucks, wenn er entdeckte, dass sie weg war, musste sie ein wenig lächeln. Es geschah ihm recht!

Aber vielleicht machte er sich ohnehin keine Sorgen um sie und war froh, dass sie weg war. Beim nächsten Mal, das schwor sich Christina, würde sie lieber zu Hause bleiben. Zwar hätte sie, wenn sie nicht mitgefahren wäre, Michel nicht kennengelernt und keinen Ärger gehabt. Aber was nützte ihr das, wenn er anschließend nach Amerika geschickt wurde? Dort würde er andere Mädchen kennenlernen und sie vielleicht vergessen …

Bevor dieser Gedanke ihr die Tränen in die Augen treiben konnte, war sie an der Reihe. Die Frau in der Air-France-Uniform grüßte sie freundlich und fragte, was sie für sie tun könne.

»Ich hätte gern einen Flug nach Arles.«

»Flughafen Arles-Nîmes?«

Christina nickte. Nun erinnerte sie sich: Von diesem Flughafen aus waren sie vor zwei Tagen abgeflogen.

»Wie alt bist du?«, fragte die Frau.

»Fünfzehn«, antwortete Christina und schob ihr ihren

Reisepass zu. »Bitte, ich muss dringend nach Arles, meine Mutter ist in Amerika und mein Vater braucht mich. Er sitzt in Arles fest, ich muss dringend zu ihm. Sonst ist niemand anders da!«

Christina fragte sich, ob sie noch hinzufügen sollte, dass er vielleicht in einem Krankenhaus lag. Damit machte man keine Scherze, aber wenn die Frau sie nun nicht fliegen ließ? Wenn sie die Polizei rief?

Ihr Herz klopfte ihr bis zum Hals, während die Frau sie eindringlich musterte.

Bitte, flehte Christina innerlich. *Bitte, ich muss zu ihm.*

Das Gesicht, das sie beim innerlichen Flehen zog und auch ihre restliche Vorstellung schien allerdings glaubhaft zu sein. Ohne weiter nachzuhaken, verkaufte ihr die Schalterdame ein Ticket. Und Christina hatte unheimliches Glück: Es ging tatsächlich in den nächsten siebzig Minuten ein Flug nach Arles!

Überglücklich drückte sie das Ticket an sich und begab sich zum Check-in-Schalter. Nachdem sie dort alle Formalitäten erledigt hatte, steuerte sie auf den Eingang zu den Flugsteigen zu und wies ihre Papiere vor.

Zur Sicherheit sah sie noch einmal auf einem der Bildschirme mit den eingeblendeten Flügen nach, zu welchem Flugsteig sie gehen musste, und machte sich auf den Weg dorthin. Nachdem sie mehrere Treppen und Korridore abmarschiert und auch noch die Sicherheitskontrollen passiert hatte, strebte sie endlich auf die Stühle in der Wartehalle zu.

In den folgenden Minuten saß sie wie auf Kohlen und wartete darauf, dass das Boarding begann. Durchsagen hallten durch den Raum, doch jedes Mal betrafen sie andere Flüge.

Gegenüber von Christina saß ein Elternpaar und unterhielt sich angeregt mit seinen Kindern.

So hätte es auch bei uns ausgesehen, wenn Papa geblieben wäre, dachte Christina.

Doch es war alles anders gekommen.

Würde das etwa sieben Jahre alte Mädchen, das sie mit schüchternem Blick musterte, irgendwann auch hier sitzen und so verrückt sein, ohne seine Eltern um Erlaubnis zu fragen, zu seinem Freund zu reisen, um ihn ein letztes Mal vor seiner Abreise nach Amerika zu sehen?

Christinas Blick wanderte unruhig umher. Was, wenn ihr Vater hier auftauchte? Würden ihn die Kontrolleure durchlassen, wenn er erklärte, dass seine Tochter von zu Hause durchgebrannt war?

Sie blickte auf ihre Armbanduhr. Weit über zwei Stunden waren inzwischen vergangen, seit sie das Haus verlassen hatte und in die Straßenbahn gestiegen war. Von dort aus hatte sie eine S-Bahn genommen und sich auf den Weg zum Flughafen gemacht.

Eigentlich dauerten Redaktionssitzungen immer eine Weile und ihr Vater hatte auch noch irgendwas besorgen wollen, aber vielleicht war er doch schon zurück. Da er ein Auto hatte, konnte er wesentlich schneller als sie am Flughafen sein.

Da ertönte plötzlich der Aufruf zum Boarding! Christina schnellte von ihrem Platz hoch, lief zu den beiden Damen vom Flughafenpersonal und hielt der einen ihre Karte hin.

Die Wahrscheinlichkeit, dass ihr Vater sie nun noch abfangen konnte, war minimal.

Als sie endlich im Flugzeug saß, öffnete sie das Geschenk. Es war eine Kette, an der ein gläserner Anhänger in Herzform baumelte. Darin war etwas eingelassen, das sich bei näherer Betrachtung als Lavendelzweig entpuppte. Wahrscheinlich hatte Michel die Kette aus einem der Souvenirläden in Arles.

Er lag mit seiner Vermutung, dass es ihr gefallen würde, vollkommen richtig. Das Herz war das Schönste, was sie je geschenkt bekommen hatte. Gleichzeitig trieb es ihr die Tränen in die Augen, denn es erinnerte sie an die kurze Zeit, die sie zusammen verbracht hatten.

Jetzt war es fraglich, ob sie denn überhaupt auf das Thurnot-Gelände kommen würde.

Sie band sich die Kette um und lehnte sich zurück.

Im Flugzeug gab es noch ein paar freie Plätze. Unglücklicherweise hatte sich ein Mann neben sie gesetzt, der im Grunde zwei Sitze für sich gebraucht hätte. Im Augenblick las er eine Zeitung, aber Christina befürchtete schon, dass er, wenn ihm das zu langweilig wurde, sie möglicherweise über dieses oder jenes auszufragen versuchen würde. Er hatte vorhin schon einen Anlauf gestartet, doch zum Glück hatte die Stewardess ihn abgelenkt, als sie die beiden fragte, was sie zu trinken haben wollten.

Dumm, dass ich meinen MP3-Player nicht mitgenommen habe, ging es Christina durch den Kopf. Dann hätte ich wenigstens so tun können, als hörte ich ihn nicht. Aber vielleicht ist es eine gute Idee, zu schlafen.

Sie schloss die Augen und hörte den Mann neben sich schnaufen und mit der Zeitung rascheln. Offenbar nahm er ihr ab, dass sie schlafen wollte, und sprach sie nicht an.

Christina erlaubte sich nun, wieder von den Tagen im Lavendelfeld zu träumen, und nach einer Weile schlief sie tatsächlich ein.

17

»He, Kleine, wach auf, wir landen gleich!«

Eine Hand rüttelte Christina grob an der Schulter. Zunächst schreckte sie zusammen, weil sie nicht wusste, wo sie war. Dann fiel ihr aber wieder ein, dass sie sich im Flugzeug befand und etwas gewagt hatte, was sie sich vor einigen Wochen nie zugetraut hätte.

»Schnall dich besser an.« Der dicke Mann, der neben ihr saß, lächelte sie freundlich an. Offenbar hatte sie tatsächlich die Durchsage der Stewardess überhört.

»Mach ich«, entgegnete sie. »Vielen Dank fürs Wecken.«

»Keine Ursache.«

Wenig später setzte der Flieger zur Landung an. Christina blickte aus dem Fenster auf die Landschaft, die in grauen Dunst gehüllt war. Wie beim Abflug spürte sie Druck auf ihren Ohren. Ein Ruck ging durch die Maschine, als sie auf der Landebahn aufkam. Wenig später verlangsamte das Flugzeug und machte schließlich halt. In der nun folgenden Durchsage verabschiedete sich der Flugkapitän im Namen der gesamten Besatzung. Dann endlich konnten sie aussteigen.

Der Mann erhob sich, und Christina wich unwillkürlich vor seinem Bauch zurück, der sich ihr bedrohlich näherte, während er sich der Handgepäckablage entgegenreckte.

Aber zum Glück bekam er seine Tasche schnell zu fassen und zog sich zurück. Nun konnte Christina ebenfalls aufstehen.

Als sie ihre Tasche von der Ablage nahm, erkannte sie, dass in Südfrankreich nicht gerade das beste Wetter herrschte. Bei ihrer Abreise hatte es ja bereits zu regnen begonnen, und diese Witterung schien sich nun festgesetzt zu haben. Das Rollfeld, auf dem das Flugzeug stand, war so nass, dass sich die grauen Wolken darin spiegelten.

Mit unruhigem Herzen schulterte Christina ihre Tasche und strebte auf den Ausgang zu.

Im Flughafengebäude herrschte dichtes Gedränge. Offenbar hatten sie Glück gehabt, dass sie gleich landen durften. Wie die Durchsage gerade verkündete, waren ein paar andere Flüge wegen der schlechten Wetterlage verschoben worden.

Christina hörte allerdings nicht weiter hin. Während sie mit der Hand den Lavendelherzanhänger fest umklammerte, dachte sie fieberhaft darüber nach, wie es nun weitergehen sollte.

Zunächst kam ihr der Gedanke in den Sinn, Michel per SMS vorzuwarnen. Doch dann entschied sie sich dagegen. Es würde bestimmt besser sein, wenn sie gleich zu ihm fuhr. Mehr, als dass die Thurnots sie vor der Tür stehen ließen oder sie rauswarfen, konnte ihr nicht passieren.

Als Christina schließlich das Flughafengebäude verließ, entlud sich ein weiterer heftiger Regenschauer auf den Vorplatz und die Taxis, die hier standen. Sie hielt noch einen Moment unter dem Vordach des Flughafengebäudes inne, doch weil kein Ende des Schauers abzusehen war und sie nicht noch bis zum Abend hier herumstehen wollte, biss sie die Zähne zusammen und wagte sich in den Regen.

Die Tropfen trafen ihren Kopf hart wie Eiskristalle. Christina verzog ihr Gesicht. Andere Passagiere, besonders Männer in Anzügen, hatten sich ihre Jacken über den Kopf gestülpt, um sich vor dem niederprasselnden Regen zu schützen. Christinas Haare und Sweatjacke waren im Nu durchnässt.

Nach und nach stiegen die Passagiere ein und die Wagen rückten nach. Als Christina schließlich an der Reihe war, öffnete ein dunkelhäutiger Mann die Tür. Aus dem Radio dudelte ein französisches Hip-Hop-Lied, dessen Wortlaut sie nicht verstand.

»Wohin wollen Sie?«, fragte der Taxifahrer – natürlich auf Französisch.

»Arles. Thurnot-Villa.«

»Gut, steigen Sie ein!«

»Merci!« Christina schwang sich auf den Sitz und schnallte sich an.

»Schreckliches Wetter, nicht wahr?«, fragte der Fahrer, offenbar auf Konversation bedacht, was Christina irgendwie gar nicht so recht war.

»Ja, schrecklich«, entgegnete sie einsilbig und war sich nicht sicher, ob es Regentropfen waren, die aus ihrem Haar perlten, oder Angstschweiß. In diesem Augenblick bedauerte sie es sehr, dass sie im Französisch-Unterricht nicht besser war. Aber der Mann schien ihr ihre Einsilbigkeit nicht übel zu nehmen. Mit einem breiten Lächeln ließ er den Motor an und die Fahrt ging los.

Während die Scheibenwischer die Wassermassen kaum von der Frontscheibe fernhalten konnten, entfernte sich der Wagen vom Flughafen und fuhr in Richtung Arles.

Anfangs herrschte Schweigen im Taxi, aber das erschien dem Mann zu langweilig. Da er bemerkt hatte, dass Christina nicht besonders gut Französisch sprach, verlegte er sich aufs Englische und fragte: »Wo kommst du her?«

»Deutschland«, antwortete Christina überrascht und froh darüber, dass sie nicht ihre mangelhaften Französischkenntnisse anwenden musste.

»Ah, da war ich mal. An der Nordsee.«

Christina hätte nun erklären können, dass sie von genau dort stammte, aber das wollte sie nicht. Sie legte den Kopf zur Seite und hoffte, dass der Taxifahrer sie in Ruhe lassen würde.

Nach einer Weile erreichten sie das Thurnot-Anwesen. Der Taxifahrer hatte zwischendurch immer wieder versucht, ihr ein Gespräch aufzudrängen, aber Christina hatte ihm nur einsilbige Antworten gegeben, die ihn schließlich zum Verstummen brachten.

Nun bezahlte sie das Taxi und brauchte damit alles Geld auf, das sie dabeihatte.

Darüber, wie sie wieder nach Hause kommen sollte, würde sie sich aber erst Gedanken machen, nachdem sie Michel noch einmal gesehen und mit ihm gesprochen hatte. Vielleicht reiste ihr Vater ihr hinterher, doch dieser Gedanke bereitete ihr so viel zusätzliches Bauchweh, dass sie ihn schnell verdrängte.

Das Taxi verschwand, doch der Wolkenbruch blieb. Christina zog fröstelnd ihre Jacke enger um den Körper und marschierte auf das Tor zu.

Die hohen Gitterstäbe wirkten ebenso veraltet wie abweisend. Das Schloss und die Gegensprechanlage waren allerdings modern. Einige Fenster des Herrenhauses waren erleuchtet. Hinter welchem mochte wohl Michels Zimmer liegen?

Christina pochte das Herz bis zum Hals. Sie fixierte den Klingelknopf, als würde eine dicke Spinne darauf sitzen.

Wenn sie sich meldete, würde sie sicher auf Französisch gefragt werden, was sie wollte. Abgesehen davon, dass sie sich nicht als Pizzaservice ausgeben konnte, bezweifelte sie, dass sie genug französische Vokabeln zusammenbringen konnte, um die Situation angemessen zu erklären. Sie hätte natürlich auch einfach über die Sprechanlage nach Michel brüllen können, aber das wäre doch ziemlich würdelos gewesen. Doch ebenso wenig war es angebracht, hier draußen zu bleiben und zu warten, bis jemand aus dem Fenster schaute und sie entdeckte.

Christina kniff also die Augen zusammen und drückte den Knopf. Auf ein markerschütterndes Knacken folgte eine Männerstimme.

»Bonjour«, war das Einzige, was sie verstehen konnte, alles andere sprach der Mann so schnell, dass es sich für sie wie ein langes, zusammenhängendes Wort anhörte. Aber sie ging einfach davon aus, dass er gefragt hatte, was sie hier wollte.

»Ähm …« Auf einmal kam es Christina so vor, als würde ihr jemand die Kehle zuschnüren. »Pourrais-je … parler … à Michel Thurnot?«

Sie hatte keine Ahnung, ob sie alles richtig ausgesprochen hatte. Eine Antwort bekam sie nicht, stattdessen ertönte erneut ein Knacken.

Ich hätte meinen Namen nennen sollen, ging es Christina durch den Kopf. Aber dann war sie froh, dass sie es doch nicht getan hatte, denn wahrscheinlich hatte Michel alles beichten und auch den Namen des Mädchens, das er geküsst hatte, verraten müssen.

Dabei hatten sie sich doch nur geküsst! Selbst jemand wie Monsieur Thurnot sollte nichts dagegen haben, dass sich sein Sohn eine Freundin suchte.

Aber vielleicht hat er dabei eher eine reiche Freundin im Sinn, rief eine innere Stimme ihr zu.

Plötzlich knackte es in der Gegensprechanlage erneut. Soweit Christina verstand, fragte die Stimme, in welcher Angelegenheit sie Michel sprechen wollte. Sie spürte, wie sich alles in ihrem Inneren zusammenkrampfte. Nachdem sie einen Moment lang geschwiegen und nach Worten gesucht hatte, wie sie ihre Situation erklären sollte, fragte die Stimme auf Deutsch mit französischem Akzent: »Sprechen Sie deutsch?«

Offenbar hatte der Mann auf der anderen Seite ihren Akzent und ihr Dilemma erkannt.

»Ja«, gab Christina zu und gleichzeitig war es ihr unheimlich peinlich. »Mein Name ist Christina Sander. Ich wollte mich bei Michel entschuldigen. Ich möchte bitte mit ihm sprechen.«

Wieder ertönte ein Knacken, dann wurde es still.

Jetzt habe ich mir alles vermasselt, dachte Christina, während sie fröstelnd die Arme um ihren Körper schlang und durch die Gitterstäbe des Tors blickte.

Plötzlich öffnete sich die Haustür und eine Person trat nach draußen. Sie spannte einen großen schwarzen Regenschirm auf, der ihr Gesicht verdeckte. An der Kleidung konnte man allerdings erkennen, dass es sich um einen Mann handelte. Wie Michel sah er nicht aus. War das der Butler?

Er trug eine schwarze Hose, ein weißes Hemd und eine Krawatte.

Christina krallte die Hände in ihre triefende Jacke. In ihrem Inneren tobte ein Sturm. Sie hätte sich in diesem Augenblick liebend gern wieder davongemacht. Aber sie musste jetzt durch diese Situation durch und es irgendwie schaffen, mit Michel zu reden!

Als der Mann das Tor öffnete, konnte sie endlich sein Gesicht sehen. Er hatte dunkles Haar, blaue Augen und trug einen Oberlippen- und Kinnbart. Wäre diese Zier an seiner unteren Gesichtshälfte nicht gewesen, hätte man ihn für eine ältere Ausgabe von Michel halten können.

Christina lief es auf einmal heiß und kalt über den Rücken. Das war Michels Vater, der viel gerühmte Monsieur Thurnot! Sein Gesichtsausdruck ließ nichts Gutes erahnen.

Wenn doch nur ihre Zähne nicht so geklappert hätten! Sie wollte ihm mutig entgegentreten, aber nun ließ dieser verflixte Regen sie wie ein ängstliches Hühnchen wirken.

»Du bist also die Tochter von Roland Sander«, sagte der Mann, worauf Christina beklommen nickte. Wenn er schon selbst nach draußen kam und nicht seinen Diener schickte, würde er ihr wohl gleich eine Standpauke verpassen wollen.

»Bitte lassen Sie mich alles erklären und mit Michel sprechen. Nur noch ein einziges Mal. Ich … ich liebe ihn.«

Monsieur Thurnot musterte sie von Kopf bis Fuß.

»Du bist allein hergekommen?«

Christina nickte. »Ja. Ich möchte nur noch ein Mal Ihren Sohn sprechen, bitte! Wir haben nichts Schlimmes gemacht, wir haben uns nur geküsst, nichts weiter.«

Sie meinte, an Monsieur Thurnots Gesichtsregungen einige seiner Gedanken erkennen zu können. Gewiss war kein sehr freundlicher darunter.

»Komm mit!«, sagte er schließlich und bedeutete ihr, unter den Schirm zu kommen. Das brachte jetzt auch nicht mehr viel, aber Christina war froh darüber, dass er nicht umgekehrt war und sie am Tor hatte stehen lassen.

Das Innere des Thurnot-Hauses erinnerte sie ein wenig an jene Schlösser, die oft im Fernsehen gezeigt wurden. Es gab hölzerne Wandvertäfelungen, Marmorsäulen, einen spiegelnden Fußboden und einen Kronleuchter, der zwar nicht so protzig war wie der im Hotel, aber dennoch in keine normale Stube gepasst hätte. Das passte, denn sie fühlte sich im Moment, als würde sie in einer Seifenoper mitspielen.

Monsieur Thurnot reichte den Schirm einem Diener, der

neben der Tür stand, dann bedeutete er Christina, weiter ins Haus zu kommen. In einem Raum, der sie ein wenig an ein Schlossmuseum erinnerte, bat er sie schließlich, Platz zu nehmen. Mit einem unbehaglichen Gefühl setzte sie sich auf einen der Empire-Stühle und beobachtete, wie der Mann vor ihr unruhig auf und ab ging.

»Unsere Familie war schon immer sehr bemüht, möglichst wenig über ihr Privatleben preiszugeben. Die Medien sind wie Geier, die sich auf jedes Stück Fleisch stürzen, besonders wenn es anrüchig wirkt. Euer Bild war ein gefundenes Fressen. Den ganzen Tag über standen die Telefone bei uns nicht still, alle wollten wissen, wer die Affäre meines Sohnes sei. Die Gerüchte wucherten wie Unkraut. Ich muss zugeben: Wärst du greifbar gewesen, hättest du dir ebenso wie mein Sohn etwas anhören müssen.«

»Es war nicht unsere Schuld«, entgegnete Christina mit gesenktem Kopf. »Ich hatte keinen Fotografen bestellt und außerdem wusste ich ja nicht einmal, dass Michel zu Ihrer Familie gehört.«

»Hätte das etwas geändert?«, fragte Thurnot zurück.

»Nein, ich denke, ich hätte mich trotzdem in ihn verknallt.«

Der Reeder lachte kurz auf, was für Christina völlig überraschend kam.

»Du machst mir Spaß! Eigentlich ist es immer andersherum. Die Mädchen fliegen auf Michel, weil sie wissen, dass er zu einer reichen Familie gehört.«

Jetzt blickte sie auf und sah, dass Michels Vater doch nicht mehr ganz so finster dreinschaute.

»Meine Aufgabe als Familienoberhaupt ist es, meine Angehörigen zu schützen«, fuhr er dann fort. »Aus diesem Grund war ich sehr verärgert über das Bild.«

»Mein Vater war es auch«, entgegnete Christina.

»Allerdings weiß ich mittlerweile, wem wir das zu verdanken haben. Ich hatte meinem Sohn zwar angedroht, ihn sofort nach Amerika zu schicken, aber eigentlich ist meine Tochter diejenige, die Schuld hat. Sie hat Michel eins auswischen wollen und das Bild an einen Fotografen verkauft.«

Christina hätte in diesem Moment Carole liebend gern wissen lassen, dass auch diese hinterhältige Tat ihre Zuneigung zu Michel nicht zerstören konnte.

»Wir haben Carole zur Strafe in ein Pfadfinderlager geschickt, damit sie darüber nachdenken kann, was sie getan hat.« Ein leichtes Lächeln umspielte den Mund des Reeders. »Es wird ihr sicher nicht gefallen, in einem Zelt zu schlafen und sich die Dusche mit fünfzig anderen Kindern zu teilen. Aber das erschien uns notwendig, um ihr klarzumachen, dass sie sich nicht alles erlauben kann.«

Christina verspürte kurz Schadenfreude. So verzogen, wie Carole war, stellte das Lager sicher die Hölle für sie dar. Doch dann fiel ihr wieder Michel ein, der nach Amerika musste – und das, obwohl ihn eigentlich keine Schuld traf.

»Aber wenn Sie glauben, dass Michel nicht ...« Weiter kam sie nicht, denn plötzlich polterte jemand die Treppe herunter.

»Christina!« Michel raste wie ein geölter Blitz nach unten. Die letzten drei Stufen nahm er mit einem Satz. Monsieur Thurnot wollte etwas sagen, doch da war sein Sohn auch schon an ihm vorbeigeflitzt und fiel Christina in die Arme. »Ich dachte schon, ich sehe dich nie wieder!«

So verzweifelt, wie Michel sich an sie klammerte, war Christina davon überzeugt, dass er es ehrlich meinte. Sie schloss die Augen, dennoch schossen ihr die Tränen ins Gesicht. Auf einmal trat alles für sie in den Hintergrund. Es gab keine Villa und auch keinen Monsieur Thurnot. Jetzt war es fast wieder so wie im Lavendelfeld.

»Hast du meinen Brief bekommen?«, fragte Michel. Auch seine Stimme klang verheult.

»Ja«, schluchzte Christina. »Deshalb bin ich ja hier. Ich wollte nicht, dass du nach Amerika gehst, ohne dass ich dich noch einmal sehe.« Schniefend legte Christina ihren Kopf auf seine Schulter und er hielt sie fest.

Als sie sich wieder beruhigt hatte, blickte sie zur Seite. Sie hatte erwartet, dass Monsieur Thurnot wieder finster dreinblicken würde, doch das tat er nicht. Eine Frau stand nun neben ihm und hatte die Hand auf seinen Arm gelegt. Angesichts ihres Alters und einer gewissen, wenn auch im Vergleich zum Vater geringeren Ähnlichkeit mit Michel ging Christina davon aus, dass sie seine Mutter war.

»Ich denke, wir sollten das Mädchen über Nacht bleiben lassen«, sagte die Frau mit sanftem Lächeln. »Was meinst du, Jean?«

Monsieur Thurnot nickte.

18

Obwohl Christina nach all den Strapazen hundemüde war, konnte sie nicht einschlafen. Der Regen trommelte gegen das Fenster des Gästezimmers, und obwohl die Raumtemperatur angenehm war und es von nirgendwoher zog, fühlte sich das Bett, in dem sie lag, merkwürdig klamm an.

Die Sache mit Michel war geklärt und Monsieur Thurnot hatte ihr auch nicht die Ohren lang gezogen. Alles war gut gegangen, trotzdem kam sie nicht zur Ruhe.

Mit einem mulmigen Gefühl dachte Christina an ihren Vater. Mittlerweile hatte er sicher schon herausgefunden, dass sie von zu Hause abgehauen war. Wie hatte er wohl auf die Nachricht, die sie ihm zur Erklärung hinterlassen hatte, reagiert? Hatte er getobt oder gleichgültig reagiert? Würde er sie von hier abholen kommen? Oder schickte er vielleicht die Polizei? Würde er nach ihrer eigenmächtigen Tat je wieder mit ihr reden?

Seit er von ihrer Mutter geschieden worden war, hatte sie auf dem Gedanken beharrt, dass er sie nicht mehr lieben würde. Und dass sie ihn auch nicht mehr lieb haben würde. Aber tief in ihrem Inneren wusste sie, dass das nicht stimmte.

Beklommen erinnerte sie sich an die Gedanken, die sie gehabt hatte, während sie die Pont d'Avignon besichtigten. Die zerbrochene Brücke. Es tat ihr auf einmal leid, dass sie bislang nichts unternommen hatte, um sie wieder zusammenzufügen. Und jetzt hatte sie wahrscheinlich alles völlig kaputt gemacht.

Ihre wirren Gedanken wurden von einem Klopfen unterbrochen. Durch die Stille im Haus wirkte es überlaut.

Der Gedanke, dass ihr Vater mitten in der Nacht gekommen sein könnte, um sie abzuholen, schoss ihr durch den Kopf. Aber sie verwarf ihn gleich wieder, denn in diesem Fall hätte sie wohl einen Wagen vorfahren hören müssen.

»Herein! Entrez!«, sagte sie und war über sich selbst überrascht, dass ihr das französische Wort so einfach über die Lippen kam. Dann setzte sie sich auf und sah, wie eine Gestalt mit einer Taschenlampe das Zimmer betrat.

»Warum machst du denn kein Licht?«, fragte sie, als sie Michel erkannte.

»So ist es schöner«, entgegnete er und setzte sich auf ihre Bettkante. »Beinahe wie im Sommercamp, wenn man sich nachts in das Zelt nebenan schleicht.«

Christina lächelte verlegen. Ihr Herz pochte so heftig, dass sie meinte, er könnte es hören.

Sie blickten sich an.

»Du sprichst also doch ein wenig Französisch«, stellte Michel mit einem schelmischen Lächeln fest. »Warum hast du mir das nicht erzählt?«

»Weil ich mich nicht blamieren wollte. Ich spreche nicht besonders gut und ich hatte Angst, dass du lachen würdest.«

»Ich hätte dich niemals ausgelacht«, gab Michel zurück, legte die Taschenlampe auf die Bettdecke und zog sie in seine Arme. »Und was deine Sprachkenntnisse angeht, gebe ich dir gern Nachhilfe.«

»Wie willst du das denn machen, wenn du in Amerika bist?« Schwermut legte sich auf ihre Brust, aber Christina wollte sich davon nicht diesen Augenblick verderben lassen. Sie schloss die Augen, während sie sich an ihn kuschelte. Wie warm er doch war. Und wie gut er duftete!

»Ich werde dir schreiben. Auf Französisch. Und du schreibst mir auf Französisch zurück.«

»Und wenn du mein Gestammele nicht lesen kannst?«

»Ich werde aus deiner Nachricht schon schlau werden, keine Sorge. Wenn du gar nicht mehr weiterweißt, kannst du natürlich auf Deutsch schreiben.«

»Oh, wie freundlich von dir!« Christina lächelte ihn breit an. »Einen Satz kann ich aber gut«, fügte sie noch hinzu.

»Und der wäre?«

»Je t'aime«, flüsterte Christina. Dann wandte sie ihren Kopf seinem Gesicht zu und küsste ihn.

Am nächsten Morgen waren Christinas Augen verschwollen, als hätte sie die ganze Nacht über geheult. Nur langsam bekam sie die Lider auf und realisierte angesichts des prächtig ausgestatteten Gästezimmers, dass sie noch immer in der Thurnot-Villa war.

Christina richtete sich auf und blickte durch das Fenster

hinaus auf die Lavendelfelder. Was für ein schöner Anblick! Leider konnte er sie nicht darüber hinwegtrösten, dass sie heute wieder abreisen musste und Michel nach Amerika fliegen würde.

Nachdem sie sich geduscht und angezogen hatte, ging sie nach unten. Der Duft von Kaffee und frischen Croissants strömte ihr entgegen.

Michel erwartete sie an der Treppe. »Na, gut geschlafen?«

»Es ging so«, entgegnete Christina, und da niemand in der Nähe war, legte sie die Arme um ihn.

In der Nacht hatte er noch ein wenig bei ihr gesessen, war dann aber wieder in sein Zimmer zurückgekehrt, damit sie beide noch etwas Schlaf bekommen konnten. Doch ganz offensichtlich war das weder ihm noch ihr gelungen.

»Bei dem Gedanken, dass du heute nach Amerika fliegst, würde ich am liebsten losheulen«, fügte sie hinzu. »Dein Vater lässt sich bestimmt nicht erweichen, oder?«

»Nein, wenn er etwas festgelegt hat, bleibt es auch dabei. Da unterscheidet er sich nicht von deinem Vater. Aber ich verspreche dir, wir bleiben in Kontakt. Und wenn alles gut geht, darf ich in den Herbstferien nach Deutschland fliegen.«

Christina blickte ihn fassungslos an. »Du willst …«

»Ja, ich will nach Deutschland kommen und dich besuchen! Das konnte ich Papa immerhin abringen. In Hamburg haben wir ein Büro, in dem ich während der Zeit ein wenig aushelfen soll, aber die meiste Zeit werde ich für dich haben. Vorausgesetzt, du willst noch etwas mit so einem Typen wie mir zu tun haben.«

Anstatt einer Antwort gab Christina ihm einen langen

Kuss. Dann fragte sie: »Das warst du mit der Interviewzusage, stimmt's?«

Michel blickte sie ein wenig verwundert an, doch dann schien er sich zu erinnern. »Ja, das war ich«, entgegnete er. »Mein Vater brachte zufällig das Thema zur Sprache, und ich habe ihm geraten, ein kleines Interview zu geben, um ein wenig näher an seinen Kunden zu sein. Immerhin bedeutet ein Zeitungsartikel ja kostenlose Werbung für uns.«

»Wahrscheinlich wird er nun nie wieder auf dich hören«, witzelte Christina.

»Das glaube ich nicht. Allein das Bild in der Zeitung hat unserem Unternehmen ein dickes Plus verschafft. Die Buchungen sind in die Höhe geschossen, weil alle die Braut des Prinzen kennenlernen wollen.«

»Nur dass der Prinz nun nach Amerika muss.«

»Ja, aber seine Braut hat er ja trotzdem, oder?«

Dazu konnte Christina nur glücklich nicken.

Im Esszimmer wurden sie bereits von Madame und Monsieur Thurnot erwartet. Christina wünschte artig einen Guten Morgen, und nachdem der Hausherr auf einen freien Platz gedeutet hatte, setzte sie sich an den Tisch.

Sie hatte schon gedacht, dass die Croissants im ›Arlésienne‹ nicht mehr zu übertreffen waren, aber die am thurnotschen Frühstückstisch waren noch um Längen besser. Eigentlich hatte sie wegen Michels nahender Abreise keinen Hunger, aber aufgrund des Duftes und weil sie nicht unhöflich sein wollte, griff sie zu.

Sie balancierte gerade Gelee auf der Spitze eines Hörnchens, als plötzlich von der Tür her Tumult ertönte.

»Christina!«, vernahm sie die Stimme ihres Vaters. Offensichtlich hatte er es irgendwie geschafft, zu ihnen vorzudringen.

Monsieur Thurnots Miene verfinsterte sich und er sprang auf. »Schafft es jetzt jeder, hier reinzukommen?«, wetterte er, während Christina den Kopf einzog. Nicht weil Michels Vater schimpfte, sondern wegen der Tatsache, dass es nun sicher gleich ein gewaltiges Donnerwetter geben würde.

Monsieur Thurnot erhob sich und steuerte auf die Tür zu.

Am liebsten wäre Christina in diesem Augenblick in einem Mauseloch verschwunden.

»Ist meine Tochter bei Ihnen?«, hörte sie ihren Vater fragen, nachdem er und Monsieur Thurnot sich kurz begrüßt hatten.

»Ja, das ist sie«, entgegnete der Hausherr und verzichtete darauf, dem Journalisten eine Standpauke darüber zu halten, dass er hier nicht einfach unangemeldet aufkreuzen konnte.

Wenig später bog Roland Sander um die Ecke des Esszimmers. So geschafft hatte Christina ihren Vater noch nie gesehen. Sein Haar war wirr und seine Klamotten wirkten, als hätte er sie tagelang nicht gewechselt. Seine Augen blickten müde und sein Gesicht war kreidebleich.

»Christina!«, murmelte er erleichtert. »Gott sei Dank, dir ist nichts passiert.«

Zunächst wusste sie nicht, was sie tun sollte. Es erschien ihr doch ein wenig unpassend, auf ihn zuzulaufen und ihn freudig zu umarmen, als sei nichts gewesen. Aber dafür, dass er sich Sorgen gemacht hatte und ihr nachgereist war, hatte er es zumindest verdient, dass sie ihn begrüßte.

Sie erhob sich von ihrem Platz und ging zu ihm. Ehe sie etwas tun konnte, schloss sie ihr Vater bereits in seine Arme und drückte sie so fest an sich, dass ihr fast die Luft wegblieb.

»Ich habe mir solche Sorgen um dich gemacht, Kleines«, flüsterte er ihr ins Ohr. »Ich habe nicht gewusst, dass du ihn so sehr magst.«

Liebst, korrigierte Christina ihn in Gedanken, sprach es aber nicht aus.

»Als ich deinen Zettel gefunden habe, bin ich fast wahnsinnig geworden vor Sorge. Vielleicht hätte ich nicht so panisch auf den französischen Zeitungsartikel reagieren sollen.«

»Und ich hätte dich nicht wegen der Sache von damals so anmachen sollen«, erklärte Christina einsichtig. »Entschuldige bitte. Auch dass ich dein Geld genommen habe. Ich werde es dir zurückzahlen. Versprochen.«

»Das besprechen wir zu Hause«, entgegnete ihr Vater und hielt sie noch eine Weile lang fest. »Hauptsache ist erst einmal, dass es dir gut geht.«

Christina war sich darüber im Klaren, dass sie nicht ungeschoren davonkommen würde. Hausarrest oder das Aufräumen seiner Wohnung war das Mindeste. Auch ihre Mutter würde alles andere als erfreut sein.

In diesem Augenblick tat es Christina leid, dass sie mit ihrer Aktion so viel Aufregung verursacht hatte, aber sie bereute trotzdem nicht, es getan zu haben. Sie hatte Michel noch einmal gesehen. Und ihr Vater war ihr nachgereist, weil er sich Sorgen um sie gemacht hatte. Weil sie ihm noch immer etwas bedeutete. Das war jede Strafe, die ihre Eltern ihr aufbrummen würden, wert.

19

Nach dem Frühstück, an dem nun auch Roland Sander teilnehmen durfte, kam die schwere Stunde des Abschieds.

Dass Christina Michel im Herbst wiedersehen würde und mit ihm per Mail und Post in Kontakt bleiben konnte, war in diesem Augenblick nur ein schwacher Trost für sie.

»Vergiss nicht die Gavotte«, flüsterte ihr Michel zu, als sie sich ein letztes Mal in den Armen lagen. »Wenn ich dich im Herbst besuche, möchte ich sie mit dir tanzen.«

»Aber wir haben in Hamburg keine Lavendelfelder.«

»Dann denken wir sie uns! Und du hast ja auch noch das hier.« Er deutete auf den Lavendelanhänger.

Christina nickte und kämpfte gegen den Impuls an, wieder in Tränen auszubrechen. Sie wollte auf keinen Fall, dass Michel sie als Heulsuse in Erinnerung behielt. »Also, lass es dir gut gehen«, sagte sie und tatsächlich gelang ihr ein Lächeln.

»Du dir auch! Wir sehen uns im Herbst!«, entgegnete er und gab ihr dann einen Abschiedskuss.

»Wehe, du kommst nicht!«, flüsterte Christina, und nachdem er sie wieder losgelassen hatte, wandte sie sich um.

Die Steine unter ihren Schuhen knirschten laut, und auf einige von ihnen fielen Tränen, die nun doch aus ihren Augen kullerten.

Ihr Vater sprach gerade mit dem Taxifahrer, der seinen Wagen vor dem hohen Tor abgestellt hatte. Auf dem Weg zu ihm wandte sich Christina noch einmal um und winkte Michel zu, der gerade sein Gepäck in die Limousine hob. Er winkte zurück und stieg ein.

»Können wir?«, fragte Roland Sander und öffnete die Taxitür.

Christina nickte und stieg ein. Ihr Vater schwang sich auf den Beifahrersitz, und während sie sich anschnallte, ließ der Fahrer den Motor an.

»Also, was die Reise im nächsten Jahr angeht, steht mein Angebot noch«, sagte Roland Sander, nachdem sie das Thurnot-Gelände verlassen hatten. »Vorausgesetzt, du willst nicht wieder auf eigene Faust durch die Welt ziehen.«

Irrte sie sich oder lächelte er beim Sprechen? Eigentlich hätte sie damit gerechnet, dass er jetzt doch mit irgendeiner Strafe ankommen würde. Schuldbewusst blickte Christina ihn an. »Es war doch nur Frankreich.«

»Immerhin! Du bist offenbar schon selbstständiger, als ich dachte«, gab ihr Vater zurück. »Jetzt ist nur die Frage, ob wir deiner Mutter von deinem Abenteuer erzählen sollen oder nicht.«

»Warum sollten wir es nicht tun?« Christina senkte den Kopf. »Ich hab's ja verdient.«

Roland Sander lächelte kurz, dann antwortete er: »Nun, ich denke, wir sollten es nicht tun, weil deine Mutter sicher ausflippen würde. Und …« Er machte eine kurze Pause. »Ich möchte auch mal ein Geheimnis mit meiner Tochter haben.«

Jetzt drehte er sich um, und bevor sie etwas sagen konnte, fügte er ernst hinzu: »Christina, es tut mir leid, dass du dich von mir im Stich gelassen gefühlt hast. Die Liebe zwischen zwei Menschen hält manchmal nicht so lange an, wie man es sich wünscht. So war es bei deiner Mutter und mir. Und, ja, ich habe vielleicht Schuld daran. Aber ich mag deine Mutter nach wie vor, und ich möchte, dass du weißt, dass du immer meine Tochter bleibst und dass ich dich lieb habe, egal was passiert.«

Diese Worte bewirkten, dass erneut Tränen in Christinas Augen schossen. Wieder dachte sie an die Brücke. Vielleicht ist sie doch noch nicht verloren und kann wieder aufgebaut werden. Stück für Stück.

»Ich hab dich auch lieb, Paps«, sagte sie dann und legte ihm die Arme um die Schultern.

»Und, was ist mit unserem Geheimnis?«, fragte er, nachdem sie eine Weile nachdenklich geschwiegen hatten.

»Einverstanden!«, entgegnete Christina, während sie sich ein wenig leichter fühlte. »Aber von Michel erzähle ich ihr.«

»Dazu hast du ja auch allen Grund.«

Christina nickte und blickte dann hinaus auf die Lavendelfelder, die sich hinter dem Wegrand ausbreiteten wie der Mantel eines Königs. Die Geschichte von der Grafentochter und dem Seifensieder kam ihr wieder in den Sinn, und sie wusste nun, wie weit sie für die Liebe gehen würde.